U0690085

小小说美文馆

吉他琴的呜咽

马国兴 吕双喜 主编

郑州大学出版社

图书在版编目（CIP）数据

吉他琴的呜咽／马国兴，吕双喜主编. — 郑州：郑州大学出版社，2021.1（2023.7 重印）
（小小说美文馆）
ISBN 978-7-5645-7551-9

Ⅰ. ①吉⋯　Ⅱ. ①马⋯②吕⋯　Ⅲ. ①小小说-小说集-中国-当代　Ⅳ. ①I247.82

中国版本图书馆 CIP 数据核字（2021）第 002658 号

吉他琴的呜咽

JITAQIN DE WUYE

策划编辑	郜　毅　吕双喜	封面设计	苏永生	
责任编辑	侯晓莉	版式设计	苏永生	
责任校对	胡佩佩	责任监制	李瑞卿	

出版发行	郑州大学出版社	地　　址	郑州市大学路 40 号（450052）	
出版人	孙保营	网　　址	http://www.zzup.cn	
经　销	全国新华书店	发行电话	0371-66966070	
印　刷	永清县晔盛亚胶印有限公司			
开　本	710 mm×1 010 mm　1 / 16			
印　张	10	字　　数	149 千字	
版　次	2021 年 1 月第 1 版	印　　次	2023 年 7 月第 3 次印刷	

书　号	ISBN 978-7-5645-7551-9	定　价	35.00 元	

本书如有印装质量问题，请与本社联系调换。

编委名单

总策划　任晓燕

主　编　马国兴　吕双喜

副主编　王彦艳　郜　毅

编　委　胡红影　连俊超　李锦霞　段　明
　　　　　　孙文然　丁爱红　李　辉　邵钰杰
　　　　　　郭　恒　牛桂玲　马　骁

序

任晓燕

"小小说美文馆"丛书这项出版工程，推举小小说作家，推出小小说作品，推广小小说文体，为进一步推动全民阅读工作常态化、规范化，提升国民素质和社会文明程度，共同建设书香社会，做出了应有的贡献。

纵观我国现代文学史，每一种文体的兴盛都有其复杂的社会文化背景。其中，传媒载体是一个不容忽视的重要条件。如大型文学期刊之于中、短篇小说，报纸文化副刊之于散文、随笔。现代社会，传媒往往引导着阅读的时尚。

当代中国的小小说，也是如此。

仅仅在三十多年前，小小说对于读者来说，还是一个较为陌生的概念。在称谓上也五花八门，诸如微型小说、一分钟小说、超短篇小说、袖珍小说、千字小说、快餐小说、迷你小说等。当时，全国没有一家小小说专业报刊，小小说作品往往作为报刊的补白或点缀，难登大雅之堂。与之相对应，小小说创作大都属于散兵游勇式的业余创作，没有专门从事小小说创作的作家。而全国性的文学评奖，更是从来就没有小小说的一席之地。

在这种情况下，1982年10月，郑州小小说文化传媒有限公司的前身百花园杂志社，敢为天下先，在旗下的文学期刊《百花园》推出"小小说专号"，引起文学界的关注，受到读者的欢迎。此后，1985年1月，《小小说选刊》正式创刊；1990年1月，《百花园》改版为专发小小说的期刊。此外，百花园杂志社还多次举办小小说笔会、评奖等文学活动，先后创办小小说学会、函授学校等民间机构，不断推进小小说作家专集、作品选本等出版项目。

通过业界同仁多年不懈的努力，小小说已从点点泛绿到蔚然成林，以独立的姿态屹立于中国当代文坛，跻身"小说四大家族"，并进入鲁迅文学奖评选序列，在全国各地拥有逾千人的较为稳定的创作队伍，成为广大读者喜闻乐见的文体。

小小说是新兴的文体，又有着古老的渊源，在一定程度上，它与文学的起源密不可分：上古神话传说如《夸父逐日》《嫦娥奔月》《女娲补天》等，就具有小小说精炼、精美的叙事特征；春秋战国的诸子著述，不乏微型珍品；南朝刘义庆的《世说新语》，堪称我国最早出现的小小说集；宋代人编撰的《太平广记》，可谓自汉代至宋初野史小小说的集大成著作；清代蒲松龄的《聊斋志异》，创立古典小小说的高峰；现代鲁迅的《一件小事》等，开启白话小小说兴盛的序幕。

近几十年来，小小说之所以大行其道，是与其同现代生活节奏合拍密不可分的。从这个角度来说，小小说是一种最具有读者意识的文体。同时，小小说受到世人的普遍关注，根本原因在于展示出了宝贵的文学艺术价值。当代中国的小小说，继承了从古代神话到诸子寓言、从史传文学到笔记小说的叙事艺术传统，并与各种艺术形式的美学精神相通相融。比如对意象之美和境界之美的追求，就代表着中国文艺美学的主要传统，它是至高的，也是永恒的，也正是小小说艺术的自我要求。

文学创作的成功与否，不能以篇幅长短而论，最终还是看思想艺术上的成就。诸多优秀小小说作品，言近旨远，微言大义，给读者留下了难以磨灭的印象，其艺术含量和思想容量丝毫不逊于中、短篇小说。所以，小小说最能够、也最便于在读者心灵上打下烙印，原因就在于它的精炼和集中，常常呈现给读者引人入胜或发人深思的典型事件，性格鲜明的典型人物。小小说还是"留白的艺术"，把最大的想象空间留给读者，去回味、创造和补充。小小说对语言的要求很高，诗歌创作中的炼字炼意，对于小小说同样适用。

当代中国的小小说已形成气候，成为一种广阔的文学景观。今日，小小说已步入创作成熟期，以特有的艺术魅力丰富着我们的精神生活，也必将在文学史上留下自己的位置。在此，作为一位"小小说人"，我期望小小说作家像苍穹中的繁星那样，闪烁出五彩缤纷的个性之光。

（任晓燕，郑州小小说文化传媒有限公司董事长，《百花园》《小小说选刊》总编辑。）

目 录

1

傻穄子

张 港

穄，这个字读"记"，曾经的常用字。嫩江流域地广人稀时，遍地种穄子，学校教这个字。可到了搞生产队时，这东西种不得了，产量太低，交不上公粮。穄子渐渐绝迹。

改革开放后，人民的生活水平不断提升，家家都想多打粮多卖钱。可老田头却偏偏种上了穄子，还是"傻穄子"。

傻穄子不用铲不用耪，籽一撒，坐等收成，就像农村傻小子，野着散着才壮实、厚道，走多远都不忘村里乡家；若伺候着惯着宠着，养出一身毛病，长大了跟爹娘抢房子的都有。可这傻穄子，产量太低不说，这东西种起来容易吃起来却难，如今没有人会吃了，卖不了钱。

贫困户一个一个"摘了帽"，只剩老田家。

老田因种傻穄子返贫，惊动到县里。县长下基层，训村主任："问题得解决，不解决不行，不能不解决。旱改水，千斤稻，不能再种那傻穄子了。"

村主任苦得很："县长啊，老田的工作好办，问题是老田上边还有老老田。"

"老老田？"

"老老田是老田的爹。老田家原来也种稻子，也不穷，不知中了哪门子邪,老老田非要种傻穄子,90 岁的人了,哪个犟得过他? 让他骂了事小,气犯病,事就大了!"

县长决定一竿子插到底,亲自做老老田的思想工作——不能让一个老老田拖了全县后腿。

在村乡干部陪同下,县长来到田家。

县长讲脱贫工作的重大意义,讲思想解放开新路,讲发财讲致富。

老老田傻傻地听着,不吱声,无表情。

村主任说:"老田爷,这可不是我,可不是乡领导,这是县长。你点头!你同意!"

老老田冷不丁来一句:"光知道发财! 光知道钱!"

这是把人顶撞上南墙的话。县长尴尬不? 乡书记道:"按现代科学,这就是老年痴呆症。"声若蚊蝇。

60 岁的老田搓手说:"大县长,我爹都这岁数了,别跟他犟了,再依他几年。"

县长与老老田握手,祝老人家长命百岁,告别了。

老田跟爹发怒火:"我说爹,那可是县长,咋给大县长冷脸?"

老老田也怒:"县长? 省主席我也见过。大热天西装领套的,也不怕捂出热痱子。县长就这样? 呸——"

老老田自然种不动田,但他天天坐在地头看傻穄子。傻穄子长得倔强,山苏子、红蓼子都把傻穄子压得抬不起头。傻穄子支棱开来,吐出嫩嫩的浅淡的穗穗儿。老老田手捋着苗苗,稀罕地嗅味道。

"嚯! 傻穄子!"

老老田这才发现旁边有个人,也在手捋苗苗,很稀罕。这人脸黑,头发白,穿着露手臂的 T 恤、老年运动鞋。

"嚯! 还有认得傻穄子的!"老老田不能不吃惊。

那人仰脸朝天,长长叹了一口气:"这东西好吃,小时候俺娘会做穄子饭。"

"你吃过傻穄子?"

"这是市长!"老老田这才看到,还有几个人,说话的是乡书记。

"市长,你说穄子米饭啥味儿?"

市长说不明白傻穄子捞饭,鼻子对苗苗猛抽气,道:"吃不到那种味道了哟!"

"你想吃? 那中,跟我到家!"

一行人跟到了老田家。

老老田亲自动手,给这些人煮傻穄子捞饭。

老老田忙活着,老田打着下手。市长抚着田家小小丫头的头,问:"闺女,傻穄子,好吃不?"

"不好吃——割嗓子,咽不下去。"

"饭好了哎——傻穄子捞饭做得了——"

一股清香,跟着老老田进屋了。

这世上呀,最难用嘴说明白的正是嘴里的味道。傻穄子捞饭啥味道?这么说吧,清晨钐刀打下带露水的五花草,当年竹叶当年米的绿粽子,半嫩冒浆黏苞米掀锅盖那股子热气,这三样混到一起,能形容出八成傻穄子捞饭的清香。

吃上米饭,市长问了:"田老伯,为啥偏偏种傻穄子? 这事我解不开疙瘩。"

"大市长哟,事是这么个事。嘴甬闲,听我说就中。那年哪,农民刚刚分到地。省主席——那时不叫省长——他姓于,于主席下乡,派饭派到我家。于主席吃好了俺娘煮的傻穄子。临走时,于主席说了,还要来吃傻穄子,就是自己不来,也有省里人来。还跟我拉了钩,一百年不变。这事我一直记着,共产党说话算话,说来吃傻穄子肯定来吃。早些年,饿怕了,要的是产量。现在日子好了,我脑子里全是傻穄子。不种傻穄子,真有省里人来,我

拿啥给人家吃？这不你来了。"

"田老伯，做稗子米饭，可是难哟。"

"大市长，我年年吃旧米，留新米，等着你们来。孩子们年年都吃陈米，陈米可就难吃了。跟别的米不一样，稗子米要先煮个半熟，炕干了，再做饭，说道太多。现在，除了我，没人煮得出米香了。"

市长端碗吃傻稗子的照片见报，人们认得了这个"稗"，人们想知道这东西的清香。

于是村里大量种傻稗子，办了加工厂，老老田坐着指挥。傻稗子产量还是低，但是人们认了，价钱上去了。老田富了，村子也富了。

苦药泉

张 · 港

　　若是与布特哈犬相比,藏獒也就是一堆长毛。藏獒是守护犬,吼跑了盗贼就算拉倒。布特哈犬就不同了,它是猎犬,见熊搏熊,见虎斗虎,会用命为主人取食。人们看重皮毛,故藏獒成宠物;人们轻视内涵,故布特哈犬几近灭绝。

　　布特哈,满族语音译,意为"虞猎"或"打牲",引申为"打牲部落"人,又指狩猎于大兴安岭北部猎区的鄂温克人。

　　老爷子涂金,带着猎犬乌嫩进山。老涂金手法高,猎得一头大角八叉鹿。这么大个家伙,一个人怎么也弄不回家。涂金割下鹿角,对猎犬乌嫩说:"在这儿守着,我去去就来。"涂金下山,他要再牵一匹马,或者叫几个人。看到烟囱时,老涂金犯了心口疼,暗叫不好。怎么能让乌嫩自己留在山上?要来了老熊,来了群狼……真是老糊涂了,怎么可以割下鹿角?血味定会引来猛兽。

　　老涂金扭身回山了,宁可不要鹿,也不能让乌嫩遇险。

　　斗虎搏熊并非布特哈犬的最大本事,最重要的是绝对服从。只要主人有令,明知是死,布特哈犬也要去执行。血味果然引来了老熊。布特哈犬斗熊,需要战术配合,两只在前面激怒熊,一只转到身后,专咬肾囊。可现在,乌嫩孤军作战。老熊要的是肉,它只想吓走这只狗。可是,熊一触上鹿腿,狗就上来死拼死咬。老熊怒了,一掌下来,拍中乌嫩,又上去一口,狗的一条前腿离开了身体。

涂金跑回来,鹿还是那只鹿,可是,血淋淋的,乌嫩的前腿只剩一条。涂金什么也不要了,扛起猎犬就往屯子跑,又哭又叫。

依照规矩,乌嫩这样的狗,应该养着,与人同吃,与人同饮,直到终老。

老涂金还得打猎进山,他让乌嫩留在家里。乌嫩不听口令,又蹿又跳,说什么也要跟着。不懂猎犬哪叫猎人——乌嫩虽然失去了一条腿,可是战斗之欲依然如火,让它待着白吃,比死都难受。涂金就下了口令,带三足犬去打猎了。

这样的狩猎,自然少有收获。可是,涂金还是带上三足犬进山,他不能让乌嫩没有尊严。

老萨玛看这一人一犬实在可怜,就找涂金老哥唱歌。听着听着,涂金喊:"停!刚才你唱的是什么?"

老萨玛唱的是:在高高的兴安岭上,有一眼苦药泉。受伤的花鹿到苦泉,洗好伤口,飞快地奔跑。

"啊——真有这样的泉?真能洗好乌嫩的腿?"

老萨玛点点头。

涂金不见了,一连几天,不见他回来。屯里人全慌了怕了。

老萨玛大叫不好:"啊——他当真了,真去了。"

屯里人全质问老萨玛,老萨玛终于说出歌词是自己编的。她只是看着涂金老哥难受,想宽慰宽慰他,给他点希望,就说狗的腿还有救,哪想他当了真,真去找泉子了。

老涂金与三足犬,一个拐一个瘸,爬一山攀一山,翻一岭爬一岭。遇口泉,一喝没味;遇口泉,一喝甜的。桦叶黄了,柞叶红了,溪溪的寒水,拨拨的冷云。这天,乌嫩狂叫起来。又是一眼泉。老涂金捧水一喝——啊呀!苦的。啊,这就是苦药泉!

老涂金喝过泉水，觉得身子立马轻了，腿脚活了。乌嫩喝过泉水，也蹦上了，也跳上了。老涂金叩头拜地："山神爷爷，可怜我们，给我们救命水啦！"涂金让乌嫩也拜，乌嫩伸出一条前肢，以头伏地，呜咽起来。

老涂金灌满随带的皮囊，还搭了一只在狗身上，走了几步又回来，将自己的衣服在泉里浸过，又穿回身上。

回到屯子，老涂金大喊大叫："药泉水来了，有伤的，有病的，全出来呀——"

老爷子囫囵个儿地回来了！屯里人全乐得不行，屯里的狗全吠个不停。有伤的有病的，全来喝水；没伤的没病的，也舔了舔老涂金的水衣裳。

喝过了水，腰弯的，挺直了；眼花的，说是真亮了；腿坏的，大步流星了。大伙全说："这水好，这水管用。"其实呀，全是做给老涂金看的。人心不就是块热乎肉嘛，若说破了，老爷子的心得疼成啥样？大家跳舞，全跳得欢心，跳得利索。

从那以后，一屯子人全挺胸大步，全扬头走路，全说自己精神得很。

有人说："涂金老爷子，你年轻了。"这不是假话，老涂金真的年轻了。老涂金还是老涂金，他的乌嫩还是三足犬，但是，他真的年轻了，确实年轻了。

不光是老爷子涂金年轻了，一屯的人，从此全部精神抖擞，活得有滋有味。用城里人的话说，这就叫精神的力量吧。

七山鼓

张 港

咸丰十年(1860年),在京东八里桥,兴安岭下鄂温克索伦马队栽了个大跟头,这跟头栽得暴:红毛鬼子的子弹头噗噗地往人肉里钻。就在这时候,七山鼓让鼓手打破,人马泄气,队伍一下子垮了。

索伦战鼓里最厉害的叫七山鼓,意思是,隔七座山,鼓声能使生马五脏震撼,惊毛乱阵;而听熟鼓声的战马,血脉贲张,斗志越发昂扬。

大山草原,大牛成千上万,就是找不出一张能造七山鼓的牛皮,比大草甸子找绣花针还难。八里桥那鼓用了几十年,要是早有好牛皮,不见得打败仗。

造七山鼓要整张大牛皮,腹背边角都得够强够韧,牛皮嫩鼓声飘,牛皮老鼓声艮。养这等牛,三伏烤炭,三九卧冰,小米麻油五花草,一天三遍抽打柔软处,十三年工夫才有可能喂出这样的牛。——都是牧民,哪个这么狠心待牛?

索伦蒙鼓匠,跑坏了三匹马,就是见不到一张好牛皮。多少车砂石能出一两金子?多少只大雁能有一只虎眼的?找不到的,就是找不到。鼓匠急出火疖子,急成赤蒙眼。六山鼓、五山鼓、四山鼓,造得出,可那不是七山鼓。要命的事哪敢对付?没有七山鼓,索伦兵、索伦马全缺勇气,再来敌军可怎么打!

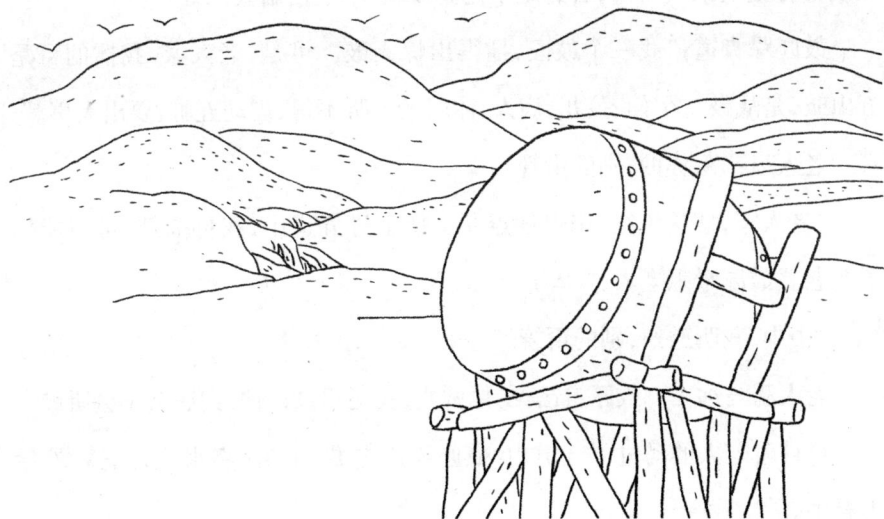

这天，鼓匠正跺着脚骂天骂地，眼见远远来个骑马老汉，老汉须发皆白，干瘦黝黑，马后一条大牤牛。

鼓匠拍腿大叫："这可是百年难遇的好皮子！"——鼓匠之眼有皮无牛。

"这牛，您卖？"

"嗯呐。不卖牵你这儿干啥？"

鼓匠使上劲力，抓过肩鬐抓尻尾："好皮子！好皮子！好皮子！"

"老人家，您出价，多少都行。"

"你要这牛啥用？"

"我要皮，要牛皮。这是七山鼓！"

"啥？值七千五？"

鼓匠大声喊："是鼓。七山鼓——七山鼓——"

"嗯——七山鼓呀。我这牤子，"老人乜斜一眼鼓匠，"就是为一面好鼓。"

"您老出价。多少都行。"

"价钱后说。你自己说造得出七山鼓，那我也得试试你。"老人停一停，又说，"你擂通鼓我听听，看看是不是真鼓匠，不能白瞎我的好牛。"

鼓匠跺脚道："我一个鼓匠，擂得出惊天鼓。可是，老人家，我擂的可是五山鼓，是战鼓。孕妇、孩儿、病人、体弱老人听不得，震动五脏，要出大事。"

老人道："敲你的，别的甭管。"

"老人家，您这年纪，您得远点儿。您走过五道山，我再擂鼓，可不能伤了您老。"鼓匠瞅瞅老人，"千万，千万。"

"中中，我听鼓声，别的甭管。"

老人骑马远去。鼓匠自己说：他试我，我还想试试他，到底会不会听鼓。

算计着老人的马过了五道山，鼓匠小声击鼓，击出《春水三月三》，然后去看牛。

老人打马回来，怒道："呸！你这小子，耍我还是真不会击鼓？打出戏台鼓，还有两个乱鼓点。"

鼓匠弯身说："战鼓一响，行心走肺，怕伤着您老人家呀！您这年岁……"

"来，再来，来真的！"

"那您老人家可得远走，得过五道山。只是听鼓，莫动肝火。"

老人点头。

鼓匠暗自道：这老爷子，扳鞍上马都费劲儿了，耳力倒好，五道山外听明白了鼓曲细部。

这回，鼓匠用上力气，擂出一通《卧雪望天山》。

老人回来，喘一喘，伸手解牛缰，说："呸！就你这鼓，可别糟蹋了我的牛。"

"别呀，老人家，我是怕伤害您，没有真敲。"

"你个不懂鼓的——"老人牵牛要走。

鼓匠慌忙抓住缰绳："老人家，老人家，走不得！我真敲，我真敲！可是，您得远远的，千万远过五道山。"

老人愤愤地爬上马背,回头道:"最后一回!"

鼓匠甩了衣裳,勒了腰带,三吐三吸,运上力气,跺脚腾身,抡槌擂出《盘肠啖目大砍营》。

一时间,透地穿云,一槌一槌,八里桥之仇之怨之怒火奔涌倾泻。噗的一声,天地寂然,五山鼓成了破鼓。

鼓匠心肝挪移,脾肺如裂。恍惚之中,忽见空马奔来,拖缰嘶鸣。鼓匠大叫不好。

鼓匠打马奔驰,只过一道山,就见到白发老人仰面倒于草丛,面色青紫,鼻口有血。鼓匠喊叫:"让您过五道山,怎么在这儿就听鼓?"

老人已经没了鼻息脉搏,一只拳头举着,大拇指外撇。

这手势,鼓匠懂得:成交。

吉他琴的呜咽

于德北

十五年前，我老舅坐在家里的阳台上吸烟——阳台很小，种了许多花，花丛中有一个小板凳，是老舅的"宝座"。他一边吸烟，一边欣赏着身侧的那些葱葱郁郁的花草，心底充满惬意。他是一个在儿女面前从来不笑的父亲，但对待花草、对待姊妹、对待别人，却是截然不同的。他是一个受过高等教育的人，是一个工程师，他的谦逊、平和，在我看来是极为少见的。

我喜欢看老舅笑，他笑的样子很好看。

十五年前，老舅的微笑在我的生命中戛然而止了——他去给一盆花喷水，突然身子一栽，从四楼跌落下去，送往医院抢救无效，当天晚上就死了。

他的灵棚搭在楼下，子侄辈为他守灵。我是外甥，不戴重孝，只是守在遗像边，涕泪横流。

老舅是个倔强的人，他认定的事情谁也难以更改。

老舅离家早，在外读书，在外工作。他和老舅妈结婚后，一直随着工作走，先在营城，后往吉林，育有两儿一女，生活比较稳定。

在大舅的概念里，他和老舅还没分家呢！不分家，就一定会有纷乱，这辈不乱，下辈也得乱。所以，他总追着老舅写一个"手续"。老舅说："写啥手续？你跟爹妈过，我啥也不要。"老舅的意思是，兄弟间写这样的"手续"太丢人，让别人看笑话。

这个"手续"成了他们哥儿俩的焦点问题。

每次老舅回乡，或者大舅去吉林串门，哥儿俩酒桌上的和谐最终都会被这个"焦点"打破，双方各执一词，喋喋不休。虽然老舅"说一套做一套"，有什么好东西，无论是细粮、木柴还是煤，都会想方设法送回老家去，但是，大舅的心结至死难以解开。

我母亲曾经劝过老舅："给哥一个手续吧。"

老舅头都不抬地说："我想都没想过的事情，出什么手续？"

"你出了，哥就不闹了。"

"闹不闹由他，出不出由我。丢人的事儿！"

母亲没有办法说和他们。

我上学的时候，经常往吉林跑，一是那里朋友多，二是和小表妹感情好，见到老舅的机会就多。有一次，我回长春没有钱了，就冒冒失失地跑到老舅单位要钱。老舅正在办公，知道缘由后二话没说，从上衣口袋里掏出二十块钱——车票只需几块钱，用不了这么多的——塞到我手里，都不容我拒绝，就一边嘱咐着，一边把我送到楼下。

从这件事起，直到我正式工作，只要我到吉林，只要看见老舅，临别的时候，老舅都会塞给我二十块钱。后来又"涨"到三十块。我说不需要了，老舅却总是一贯的话："拿着吧，拿着吧。"

话语落了，人已转身，手在身后摆着。他的头发日渐泛出斑白。

老舅是一个孝子，年节回乡看望父母是必然的，从来不会落下。平日里，如若出差路过故乡，他一定会就近下车，即使是步行，也要走回家。他坐在炕头和父母唠嗑，看着父母吃他带回来的点心。

母亲说："其实，你大舅也是一个孝子。他们哥儿俩为手续的事闹得不可开交，可是当着你姥姥和姥爷的面，他从来不提及一个字。"

说白了，大舅和老舅的心性不同，但感情还是深厚的，不然的话，怎么会常年走动？一年见六七次面总是有的。如果生分了，断不会如此。

老舅死了，没埋回故乡的祖坟里。

老舅是意外死亡。他的一生的遗憾，如一首吉他琴的呜咽，时常在我心头低回萦绕，我想：如果有预感，他会做出怎样的决定呢？

五太爷

张望朝

　　五太爷在家行五，大名应该叫刘玉堂，或者刘一堂，"玉"还是"一"，记不清了。

　　父亲叫他五爷，我就只能叫他五太爷。

　　那些年我们同住在阳明街上的一个大院。记忆中，五太爷终日坐在院子里一棵老槐树下，也不嫌地上的尘土脏，就那么席地而坐，像是一尊坐佛。五太爷年轻时出过家，还俗后也一直心宽体胖。因为胖，脸上的皱纹被肉撑开，老了也看不出年纪。如果不是嘴唇上下长着几根白胡子，没人会相信他已经是快九十岁的老人了。

　　人一老，健康也每况愈下，五太爷就连三伏天也要穿着厚厚的黑棉裤，说句话都很吃力，要喘上好几口粗气。四五岁的时候我特别喜欢听大人讲故事，在外边玩累了，就跑回大杂院，跑到五太爷跟前。只要我说一句，"五太爷，我要听故事"，五太爷马上就开讲，不管喘得多么厉害。邻居家的一些成年人，做人做得虚。当着我家大人的面，他们会不遗余力地表达对我的喜欢；面对我一个人的时候，对我理都不理，甚至用呵斥来制止我的顽皮。五太爷则不然，他喜欢我就是喜欢我，不是为了讨好我父母。

　　五太爷有四个儿子，三个都在外地，跟他一起生活的是他的长子，叫刘贵。刘贵跟我的祖父是好兄弟，我父亲叫他二叔，我叫他二爷。管刘贵叫二爷，管刘贵的老伴儿自然要叫二奶。二奶对五太爷不是很好，我从来没听见过二奶管五太爷叫过爹，喊五太爷回屋吃饭她都不叫。"喂，吃饭了！"一到饭口，二奶便从家门里探出一张冷脸，冲坐在树下的五太爷来这么一嗓子。五太爷一手撑地，一手扶树，好半天才能站起来，二奶从不上前扶一把。有一次二奶在院子里晾衣裳，五太爷喘着粗气对她说："二丫（二奶的小名），来碗水，我渴。"二奶却像是根本没听见，阴着脸，只顾往绳子上搭衣裳。我奶奶气不过，从家里端出一碗水送到五太爷跟前，愤愤地吼了一句："她聋了，听不见人话！"二奶脸上挂不住了，忙向我奶奶解释："大嫂，我刚才真没听见，真没听见。"

　　二奶后来一再跟我奶奶解释："我不是对我公爹不好，是这老头子太不听话。都那么大岁数了，老实家里待着得了，偏要一个人跑大树底下坐着，万一哪口气上不来,死了都没人知道,可我怎么说他都不听。"我奶奶觉得二奶的话也在理,就去树下劝五太爷回屋坐着。五太爷摇摇头,喘着粗气说:"我这叫坐禅,坐禅而死叫坐化,我在等着坐化。"我奶奶不懂什么叫坐禅什么叫坐化,见五太爷不肯听从,也就不再硬劝。

有一天,我和几个小朋友在院外爬大烟囱。那根大烟囱拔地而起,有现在的三层楼那么高,在当时是阳明街上的地标性建筑。当时我们也不知道这烟囱是干什么用的,只记得上面写着一行大字:"危险,请勿靠近"。当时我们几个小朋友都还不认识这几个字,见烟囱上嵌有一道一道的铁把手,可以用来攀爬,便决定比赛,看谁爬得高。有的小朋友爬到一半就晕了,不敢再往上爬,而我一直爬到顶上。站在顶端向下望,整个大杂院——包括老槐树,包括坐在树下的五太爷,尽收眼底。我得意地向五太爷招了招手,喊了一声五太爷。五太爷耳背,我一连喊了好几声他才听见,听见之后一抬眼,见我爬上了大烟囱,也不知道哪里来的力气,呼的一下从地上站了起来,拼着老命向我大吼:"下来,快下来!"吼过之后就一动不动了。

大约是动作太突然,致使心脑血管出了什么问题,五太爷就这么死了。

他是站着死的,没能如愿坐化。

猪佬丁

周·伟

小镇老街的丁一以杀猪打屠著称，人称猪佬丁。

猪佬丁杀猪打屠已有十五年零一个月又二十一天，他记得清清楚楚。

猪佬丁杀猪，从不要人帮手，也不像农家要搁一条宽宽的板凳。他就拉了猪来，左手一把抓住猪耳，右手握刀顺猪耳侧轻轻一送，一转，即刻又抽出来——白晃晃的屠刀染红了一片，那猪来不及哼一下，就趴地无声了。接下来就用一瓢热水一瓢凉水，均匀洒遍猪的全身。猪佬丁这时双手执刀，飞舞于猪的全身，一下又一下，即现出一片白生生的颜色。劈脑、开膛、洗肠，整个过程不到十分钟。

东方露出鱼肚白时，猪佬丁一手抓一只猪前脚，一提，又一挺，一头全猪就伏在了他的背上。猪佬丁脚板踏得咚咚响，出了老街，来到农贸市场。嘭的一声巨响，一头全猪很利索地上了肉案。猪佬丁朝手中呵一口气，拿起剁刀，招呼上早市的顾客。

猪佬丁卖肉，只一刀，就砍个准儿，绝不来第二刀。要二斤，就不会是一斤九两或二斤一两。猪佬丁卖肉，不卖瘟猪肉死猪肉，顾客放心，专称他卖的肉。不到晌午，一头猪就卖个精光。他便早早收工，回了家去。猪佬丁不像其他杀猪打屠的整日疲惫不堪，他每日都精力充沛，拥有好心情，想必也有好收成。

猪佬丁三十有四，身高一米八一，魁梧大气，满身肌肉。他爹娘早逝，留下临街的两间门面房。这些年他杀猪打屠，生意又好，钱赚得不多也不少，养个老婆是不成问题的。他却一直没讨老婆，好怪！

后来，有人给猪佬丁说过一个姑娘。起先双方都还中意，不久那姑娘就变卦了，说："猪佬丁是个杀猪的，退一万步说，他要是一个食品站杀猪的，倒是有商量的余地。"

此后几年，不管何人热心牵线保媒，把姑娘领上门，他一个也不搭理，粗声嚷："我一个杀猪的，就杀猪！"

一个很富诗意的秋天，那位变卦的姑娘又来猪佬丁处，千般柔顺万分温情又连连认错，要和猪佬丁恩爱一辈子。猪佬丁黑青着脸，一直不说话。待那姑娘表演完，他一句脏话骂出了口……

三年后的春天，我去了小镇。猪佬丁还杀猪，却不是一天一头，而是十多头几十头地杀，还搞了个肉食加工厂。猪佬丁竟娶了老婆，老婆也算半个猪佬，原先在乡下骑一辆单车走东村串西村，杀了猪卖，买了猪杀。刚嫁过来，她就带几个伙计驾驶小四轮"突突突"地下乡去收猪。

不久，猪佬丁竟不准老婆沾猪屎臭，把老婆打扮得花枝招展，终日闲逛。许多人见了猪佬丁老婆，便满脸堆笑地说："你前世修来的福，嫁了一个好男人。"每逢此时，猪佬丁老婆竟满脸郁悒。

猪佬丁的肉食加工厂生意愈发红火，不少捧铁饭碗的人都屁颠屁颠地跑了去。后来，有人传言："猪佬丁在厂里拴了一个漂亮的女人开票，是不是情妇，不晓得，反正是那位变卦后又来找他的姑娘。"有好事者盯了许多回梢，竟寻不出一点儿暧昧的蛛丝马迹。

世间原本就是怪。比如说猪佬丁，其大号为简简单单三画勾成的"丁一"，其实，人绝不简单。

邱三儿

周 伟

日月如梭，缓步当车，便可行出几分明媚。邱三儿时常站在自家的旅店门前，面对流逝的时光嗟叹不已。邱三儿原先不开店不当老板。他，老街上无人不知，中不溜儿的个头儿，灰不溜秋的脸儿，怪里怪气的性儿。邱三儿从小跟着娘，爹死得早，全靠娘替缝纫社扎扣眼儿、钉扣子过日月。

邱三儿也许起先是有个大名的，老街的人却一律喊他邱三儿。后来，娘也去了，邱三儿就一个人浪荡，用完了积蓄，他就走东家找个熟人，串西家攀个亲戚，拉拉话儿，帮衬着人家做个活儿，打个下手混碗饭吃。起先还行，久了，人家就躲着，就丢白眼，就背后说很损人的话。邱三儿看着听着就忍不住性儿，有时就寻衅吵嘴打架。邱三儿很凶，闹起来就没完，鼓着牛眼珠，常说的话是："我人一个，命一条，怕啥?!"

但一碗饭总是要弄的，他就终日在镇上各条街上游荡。有时，帮哪家老板卸卸货，或帮谁家打打零工、跑跑腿、看看门、搬个家什，这档子事时常有，倒能对付一两顿饭，报酬却没有，而且邱三儿大清早就得去转悠，眼珠里要带活儿。

后来邱三儿寻了个做煤球的营生，倒能多弄几个钱。这煤球一做两年多，又改收破烂儿，走街串巷去收。他在车架上吊两个大大的箩筐。名义上是收,十有八九是捡的。也不知是哪日,邱三儿堆满破烂儿的屋里冒起了炊烟。有人跑去看,回来就说:"邱三儿捡了个妹子,模样俊俏,只是穿得破烂些。"

一日,老街上开来卡车,在破烂儿堆积如山的邱三儿门前停下,拉走了一车又一车垃圾。

过了些时日,邱三儿拆了潮湿不堪、一边斜的破木屋,起了两层楼,开起旅店。老街毕竟是老街,人来人往,歇脚的人多,邱三儿的旅店兼营饮食,生意很不错。邱三儿老婆待人平和,吃不吃饭、住不住店不在乎,进店歇脚,也要端杯热茶送上。邱三儿老婆还有一手绝活儿,据说其祖父的祖父是给皇帝做御膳的,不知是真是假,反正她厨艺不错。生意越来越红火,邱三儿和老婆又开始商量扩张门面的事了。

不久,满街的人竟翻出话来,说:"邱三儿旅店生意这么好,是有名堂的。晓得吗? 那邱三儿老婆白天忙掌厨,夜里忙住店,来来往往、又多又杂的男人岂都是不吃腥的猫? 再说那女人常在河边走,哪能不湿鞋!"这些话,起先邱三儿和老婆是不晓得,久了,听到了一些,就关了店门。

有人说:"不是关了店门吗? 果然就是……"也有人说:"这邱三儿和老婆怕是赚了不少钱,只管吃利息过日月了。"

后来,邱三儿又开了店门,请了十多个男女服务员,一律整齐的礼服装束,还在二楼搞了个卡拉 OK 厅,店门前做了一面墙大的金属框架,里面框着各式各样的奖状、证书,一数,竟有四十三块。

开业那天,老街的人全来了,只是一句冷嘲热讽的话都没有听到。

洗　澡

宋以柱

　　安乐村小学这两年,发生了两件事。先是,镇教委决定四、五年级学生到镇上去读书。镇教委想调卞霞去镇中心校,因为她教音乐,教得好,人又漂亮,每年的元旦会演,去县里参加比赛,都得找她去领唱领演。

　　卞霞老师却不去。卞霞把羊角辫一甩:"不去。"窈窕的身子就斜进了教室,把镇教委矮个子人事主任晾在了太阳地里。

　　再就是,老校长去世了。老校长姓王,行伍出身,淮海战役中伤了左腿,走路一瘸一拐的;手掌宽大,两只脚像小船;五官像雕刻好了,再安装到脸上的,分明得很;复员后被安排到教育上,因为是正式工,就当了校长。

　　老校长能抽烟能喝酒,最后是得肺癌死的。老校长对来看他的老师们说:"谁也不准欺负卞霞老师,她是你们的女儿、小妹妹。"卞霞哇哇大哭。老校长没了,镇教委就叫徐大个儿领着大伙儿干,徐大个儿是民办老师,老高的个子,爱喝辣酒爱洗澡,秋天要一直洗到水凉刺骨。卞霞个子矮,要看徐大个儿的黑脸,得使劲儿抬头。徐大个儿常把手掌(大手掌,像蒲扇)盖在卞霞的头上,说:"卞霞,这节课替我上,我得回家看看孩子他娘去。"众人大笑,卞霞就红着脸去上课。不等上课铃响起来,孩子们脆亮的声音就响起来了。

　　学校在村子中央。原来是两排平房,四、五年级走了后,村里卖了一排给村民;只留了一排九间,伙房占一间,卞霞住一间,一间办公室,看作业备课,罚皮孩子站,其余的都做教室。老校长就买了村里卖的三间校舍,住在学校的东边,隔着院墙。下了班,大伙儿都走了,老校长隔着墙头喊:"卞霞,过来帮着做饭。"那时候,卞霞刚送过河的孩子们回来。

三个年级,六十几个孩子,都离家不远。向南走的,要过一条小河。小河不宽,要是夏秋季节,河里的水却有点儿深。河上有很宽的水泥桥,卞霞也不放心,小母鸡一样把孩子们领过去。看着他们叽叽喳喳地走远了,卞霞再回学校。

天热的时候,在离桥几百米的东边,靠近黑崖根那儿的水深,徐大个儿他们,还有镇上的几个男老师,常在那儿洗澡。他们洗过了澡,就要找个地方去喝辣酒。看见卞霞,徐大个儿就喊:"卞霞,来来来,搓背。"卞霞也不搭腔,低头红脸地往学校走。

有那么一次,晚上,天热。吃过饭,老校长就出去了。校长的媳妇把天井里的灯拉灭,对卞霞说:"来,洗洗,闺女家都爱干净。"那么大的一个水泥盆,正合适卞霞用。水在太阳底下晒了一天,热乎乎的。等卞霞洗好了,回学校了,老校长才回家。此后,卞霞就经常在老校长家洗澡,不用再等到周末回家洗澡了。

卞霞的家在另一个镇上,她一周回去一趟。周五要在学校住一晚,周六早起来,锁好校门步行半小时到镇上,坐车到县城再转车,到了镇上,再步行七八里路才到家,通常那时已经是下午三点多了。星期天早上又要坐早车去县城,再转车,通常又是到了下午两点多,才回到安乐镇。多数时候,卞霞都会在镇上碰到学校的老师,他们或骑自行车,或骑摩托车,或是买东西,或是走亲戚。有好几次是老校长扶着自行车,在车站那里朝着刚下车的卞霞笑。

时间一长,卞霞就知道,他们都是老校长安排去接她的。为这点事,卞霞偷偷哭了好几次。所以,镇教委要卞霞去镇中心校,她一口就回绝了。而

小小说美文馆

且,卞霞只说了俩字:"不去。"就"噔噔噔"地去上课了,像是生了很大的气。周日下午谁去接卞霞,卞霞的晚饭就在谁家吃,其他几天晚上都在老校长家里吃。

现在是卞霞在安乐村小学的第三个年头儿了。老校长也离开一年了。这一年里,卞霞的工作、生活变化不大。每到周日下午,高大的徐主任还是到镇上接卞霞,或者安排其他的老师去。周一到周五呢,晚上还是去老校长家吃饭。有时候,卞霞还和老校长的媳妇干干农活儿,就像她家的一个闺女。

有那么一次,卞霞到老校长家去,家里没人。有一只老鼠受到了惊吓,嗖地钻进东屋老校长媳妇的卧室了。卞霞追进去,先看到了床东侧的桌子上,有一张放大了的黑白照,一张年轻俏丽的脸,一只手掌托着腮,调皮地笑着。卞霞的心里一紧,听到身后有动静,回头见老校长媳妇站在门口,一脸的泪水。

"她叫王霞,是我们唯一的女儿,在外面读书的时候,去海里洗澡,就没了。"老校长媳妇慢悠悠地说。

第二天,卞霞竟不想再去老校长家。老校长媳妇也没有隔墙喊她。卞霞自己煮了面条,在自己宿舍前坐了好久。夜已经深了,夏虫的叫声又急又短。

卞霞站起来,走到院子里,站在盛水的大缸前。半个月亮映在水里。村里缺水,两天才放一次水。学校就买了这口缸,按时接满了,给一校师生吃喝洗刷。

卞霞突然用手试了试水温,然后脱了衣服,踩着凳子进到了水缸里。水很温暖,卞霞慢慢地平静下来了。

卞霞慢慢地洗着自己,眼泪慢慢地流了下来。

她突然想去镇上教书了。

等 待

恩·雅

乔乔在等爸爸回来,乔乔一整天都在等爸爸回来。

乔乔的爸爸是个修伞匠,一大早就骑着自行车带着工具箱出门了。乔乔觉得爸爸这次出门跟以往不一样。以往妈妈还在,等待是妈妈的事情。现在妈妈不在了,等待就成了乔乔的事儿,一块石头从妈妈手中转移到他的胸口,乔乔觉得沉甸甸的。

吃过早饭,乔乔拿着弹弓走到院子里。从院墙向院子中央蔓延出一片野生鸢尾,之前乔乔只觉得这些蓝蝴蝶似的花好看,可此刻,他忽然想起听谁说过鸢尾易招蛇。

乔乔尽量让自己穿着塑料凉鞋的双脚离花远一点儿。他想,如果真有蛇爬出来的话,他就用弹弓把它打死。

乔乔从口袋里掏出一块小石头,装在弹弓兜里,环视着自家院子。花丛边缘,一大块黑色物体缓慢移动着,就像一块黑色破布被风吹动一样。他蹲下来仔细看,是一大片密密麻麻、成群成群的蚂蚁。

蚂蚁们不知为何聚集在这里,它们不像是在搬运食物。乔乔想它们一定是在开一个重要会议。原来地上的蚂蚁跟地上的人一样多,而它们也有重要的事情需要聚集在一起商量。

妈妈活着的时候看见喜鹊落在树枝上,就说要捡钱了,看见公鸡跟母鸡打架,就说中国要跟美国打仗了。如果她还活着的话,看见这么多蚂蚁聚集在自家院子里,肯定又要说出一个非凡的意味。

大早上看见蚂蚁意味着什么呢?乔乔正想得出神,虚掩的大门忽然开了。

"爸爸,您回来了,爸爸!"乔乔向门外跑去,没有人。

乔乔站在门口。门前是一条土路,邻家英子最近常在这条路上练习自行车。英子是一个手脚麻利的机灵姑娘,会带着狗在雪地里逮兔子,会爬树掏鸟窝,会翻墙捉蝙蝠,可就是不会骑自行车。

乔乔见她在这条路上都练习三个月了。多简单啊!不就是双手握紧车把,双脚用力蹬嘛,可英子就不行,不是撞到树上就是直直地向墙根骑去。幸好这条路是土路,没有铺砖块或石子,否则,她一定会摔得头破血流的。

真笨啊!一开始她推着一辆蓝灰色的破自行车练习,这辆自行车很快就被她摔坏了,父母就又给她买了一辆小一些的红色自行车。她最近还添了一双粉红色的雨靴。她想要什么就有什么,谁让她是英子呢!

"我可以当她的老师。"乔乔想。

"英子,英子,你出来练车吧,我给你扶结实,保证不摔倒,英子……"乔乔透过英子家门缝喊道。英子家也没有人。乔乔一下子就觉得爸爸、英子,这个世界的所有人,都去了另一个星球,丢下他一人在这条路上。

爸爸去哪里修伞了?爸爸真厉害,什么样的伞都会修。整个青春镇的坏伞都是他修好的。可最近几年,找爸爸修伞的人越来越少了。大家都买新伞了。反正新的又不贵,坏的旧的就丢掉,买新的就行。没多少人会费心思把旧伞保留着,等修伞匠来。

想到这里,乔乔有点儿难过,没有用武之地,爸爸就像是会一种很厉害的武功,却无处展示身手。如果今天没有一户人家让他修伞,那他不就一把伞都修不了,一分钱都挣不到?

要是天不像现在这样晴，太阳不像现在这样亮就好了，要是阴天或者下雨就好了。这样，就会有更多人找爸爸修伞了。

还是不行，如果下雨的话，爸爸上哪儿躲雨呢？要是爸爸没有出去就好了，要是爸爸有一份不用跑这儿跑那儿就能挣到钱的工作就好了。

院子里有一张小竹床，乔乔把它拉到阴凉处，躺在上面，看天上的云。蓝蓝的天像蓝色钢笔水一样蓝，白白的云像刚摘下来的棉花一样白。乔乔不眨眼地盯着一朵云，想看清楚它是不是在动，结果他自己却睡着了。

也许因为睡觉姿势的问题，他很快开始梦魇，像是在做梦，又像是醒着，他无法动弹，头、胳膊、腿，甚至十指都动弹不得。他试着抬起沉重的眼皮，用牙齿咬下嘴唇，用拇指触碰食指，不管用，他向昏昏沉沉的睡眠之中越滑越深。

在他再次完全陷入睡眠之时，远远地传来掏出钥匙开门的声响。门开了，有人进来。是爸爸，一定是爸爸回来了。这下好了，爸爸一定会把他唤醒，可怕的睡眠终于要结束了。

可爸爸却径直从他身边走过去了,他要去哪儿?乔乔看见自己躺在竹床上大喊:"爸爸,爸爸,爸爸!"他的嘴巴张得很大,却发不出一丝声音。

爸爸回来的时候,月亮已经出来了。

"你知道我今天见到什么了吗?船!我还坐船了,跟坐车一样,头都是晕的。你没有见过船吧?我今天一共骑了一百多公里,一直骑到黄河边,骑不动了,没路了,得坐船。"爸爸说。

乔乔躲在门后不肯出来,不肯说话。

"你哭了吗?你这孩子呀,哭什么呢?我不是回来了吗?出来洗洗脸,别揉眼睛,我不是回来了吗?"

乔乔在门板后面哭得更凶了。

爸爸冲了个凉水澡,躺在床上很快沉沉地睡着了。乔乔白天睡得多了些,现在一点儿都不瞌睡。他安静地躺在爸爸身边,一动不动。眼角有一点点痒,蚊子趴在小腿上,他都不动一下。

爸爸一天骑了一百多公里,多累啊!他需要休息,他不能打扰爸爸睡觉。

月亮经过英子家房顶后,往西继续移动。乔乔的胳膊有点儿麻了,腿有点儿僵硬了,浑身都不自在起来,但乔乔却感到一种深刻的幸福。他感到这个世界,这个世界的所有人——包括他自己——都像月亮一样美好,这世上的一切无一不是美好的。

雨靴和雨天

恩 雅

英子有了一双粉红色的新雨靴。这双雨靴不是在镇上买的,镇上才没有这么好看的靴子。它是爸爸托人从北京带回来的。北京很远,那人去的时候坐了汽车,坐了火车。那人回来的时候,这双靴子也就跟着坐了火车,又坐了汽车才来到英子家里。

英子将两只光脚塞进靴子里,问乔乔:"你看,我的雨靴漂不漂亮?"

"难看。"乔乔说。

"下雨了,我就可以穿着它走到外面去。到时候,我们一起踩水去。"

英子每天都盼着穿她的新雨靴。她还没穿着它踩过水呢。没踩过水的靴子,只能叫鞋子,不能叫雨靴。白天,天上的太阳火辣辣的。半夜,院子里的月亮明晃晃的。天总是晴得响当当的。什么时候才下雨呢?

"婆婆,怎么样才能实现心愿?"乔乔问婆婆。

"许愿。在心中把心愿说一千遍就能实现。"婆婆问,"你有什么心愿?"

"不能说,说出来就不灵了。"

"下雨,下雨,下雨……"乔乔躺在床上开始许愿了。心里默念着,乔乔就睡着了。半夜醒来,他不确定自己有没有说一千遍,只好从头再来了:"下雨,下雨,下雨……"有一千遍了吗? 一定要有一千遍啊,一定要下雨啊!

天亮时,乔乔被打雷的声音惊醒了。下雨了! 婆婆说的法子真灵啊! 早上,英子果然穿着新雨靴出来了。她绑头发的绳子也是粉红色的,跟雨靴一个颜色。

"英子,我家杏树下面积了个大水坑,咱们去踩水吧?"乔乔说。

"不去。"

"下雨了,英子。"

"我知道。"

"那你知道为什么下雨吗? 因为我……我昨天晚上许了一千遍愿。"

英子瞪大眼睛看着乔乔,瞪得眼睛都红了。她甩了一下辫子,哼了一声,把脸扭到一边。

"英子,你怎么啦?"

"我讨厌你,乔乔。你害得我爸爸摔断了腿,因为是你让下雨的。要是不下雨,爸爸骑车的时候就不会摔倒。你走,别站我家院子里,我讨厌你!"

英子把乔乔推到门外,咚的一声关上铁大门。英子从没有对乔乔发过这么大的脾气。

乔乔在英子家门外站了好一会儿,转身往自己家走。他走进杏树下的水坑里,踩来踩去。乔乔穿的是表哥的雨靴,走起路来呼呼响,又大又笨还那么难看,像两只黑乎乎的老猫。

乔乔感觉到头顶上暖乎乎的,太阳出来了。他晃动一棵杏树,树上的雨滴落了下来,滴在脖子后面,凉凉的。英子在的话,一定会笑的。一想到这里,乔乔忽然觉得自己一点儿力气也没有,表哥的靴子实在太沉了。

英子家的铁门紧闭。乔乔从水坑里走出来,站在院子里,不知道接下来该干什么,不知道该去哪里。英子是乔乔的好朋友,乔乔只有英子一个朋友。英子不理乔乔了,乔乔就不知道接下来该干什么,不知道该去哪里。

你笑起来很美

恩 雅

最后，朱莉决定穿那件棕色高领连衣裙参加葬礼。连衣裙的面料是纯羊毛，袖口处缀有两朵细腻的银菊花，黑色腰带选用的是优质头层牛皮配以纯铜质地的扣子。

这件好衣服是朱莉五年前在市里的一家高档服装店买的，那时她跟建辉住在东街的出租房里，她以为他们快要结婚了，应该花大钱购置一件体面的衣服。现在，她只有看到这件裙子时才会不情愿地想起他。

跟建辉在一起的那些日子并不快乐，他总是嘲笑她厚实的肩膀、宽大的颧骨和突出的额头，说她像个中年男人。她要是因为他的话而生气，他就会说她心眼儿小，开不起玩笑，然后又在她身上挑出别的毛病。

尽管如此，她还是以为他会娶她，只要他们攒够来往火车票的钱，他就会带她见他的父母，直到有一天他扯着她的头发将她从卫生间拖到卧室，又从卧室拖到客厅。她的头皮被扯掉一块儿。半夜她从窗户跳下去逃走了。

他们再也没有见过面。有一次朱莉做梦梦见建辉被一辆出租车撞死了，醒来后她哭了好一会儿。从此，当她跟别人提起的时候，她会说她唯一的男人已经死掉了，是被出租车撞死的。

从镇上到浩南家只有五公里，朱莉和周灿开车用了一个多小时还没到。

路被做生意的摊位、车辆和行人堵死了。周灿的酒红色保时捷缓缓地向前挪动。

"他怎么会死呢?"朱莉说,"他跟咱俩同岁吧,二十九？三十？"

"胃癌,现在的人脆弱得很,说死就死了。"周灿说,"他那么阳光,那么善良,那么英俊。浩南是镇上最英俊的男孩吧,在我心里他真的很帅。你呢,你觉得他怎么样?"

"我不知道。"朱莉说。

朱莉不想这么随意地评价一个人,无论好的坏的。更何况她对浩南一点儿都不了解。

他们高中三年都是同班同学,可她觉得他一直距离自己很远,就像太阳、玫瑰、婚戒这一类的,美好、幸福距离她很遥远。因为太远了,就干脆不看、不想、不了解。

"人不能十全十美,太完美的人,像浩南,会被上帝叫去当天使的。"周灿说,"我在海南度假的时候认识了一个女孩,一个十足的好女孩,就在年初的一场火灾中离世了。"

"既然他这么好,你为什么撕掉了他写给你的信?"朱莉问。

高中时,朱莉跟周灿同桌。朱莉清楚地记得周灿曾又羞又恼地将一封信撕得粉碎。信是浩南写的。

那应该是一封情书。周灿真是好福气,富家女,要什么有什么,什么都不在乎,连镇上最好的男孩的情书都不屑一顾。

葬礼结束后,朱莉跟着周灿回到浩南家中,周灿说想再陪陪浩南的母亲。

浩南母亲的嗓子已经哑得说不出话来。她把周灿和朱莉拉到客厅里,又让丈夫端出一些干果和甜点。

周灿握着女主人的双手,说着节哀、保重之类的话,可怜的母亲又开始哭了起来。周灿从包里掏出手帕擦拭眼角,朱莉这才发现周灿也哭了。

　　朱莉一个人走到院子里。院子里一片狼藉：鞭炮碎屑散了一地，被人踩来踩去。花圈东倒西歪，快要散架了。三五个肮脏的小孩尖叫着互相追赶。

　　他真的死了吗？朱莉还是不相信。被厚土掩埋的棺材里躺的是他吗？真让人无法接受，跟做梦似的。

　　可是，死了就是死了，永远地死了，世界上再没有这个人了，彻底地、永远地离开了。慢慢地，时间久了，人们就会接受了。

　　刚开始，活着的人会很悲痛，会想："他怎么会死呢？这不是真的！"可是，过了一段时间，就会接受这个事实，悲痛也减轻了许多。再过一段时间，活着的人又开始操心别的事情，忙碌起来，死去的那个人逐渐地被遗忘了，只是很偶尔地才会被提起，被思念。

　　想到这里，朱莉的肩膀剧烈地抽动了一下。她站立的位置正对客厅中央，那里摆放着浩南的一张被放大的照片。在相片里呈现出来的是一个多么美好的生命啊！

　　朱莉看着照片上的那张永远年轻的娃娃脸，忽然想起她和他之间的一丁点儿交集。很模糊的记忆，但确实发生过：高一，东操场，羽毛球课。

　　"你笑起来很美。"浩南跑过来捡球，路过她时，歪着头说。

　　"狗屎。"她说。

那是他们仅有的对话，他赞美她，她却脱口而出一句脏话。浩南跟金子一样，她却搞砸了，她习惯性地搞砸一切。既然好的、美的她不配，那她活该跟臭的、烂的搅和一辈子。

周灿将朱莉送到家已经是傍晚了。深秋的傍晚像是一个哑巴，让人总想沉默不言。墨蓝的天空不时有成群的候鸟飞过，它们在一座低矮的旧楼房上方旋转片刻，又扇动着翅膀往南方飞去。很快，鸟群消失了，天色暗了下来。

朱莉拉开车门准备下车时，周灿说："今天你问我为什么要撕掉那封信，因为那不是写给我的，是给你的，浩南写给你的情书，他让我转交给你的。对不起。"

朱莉的失眠症又犯了。天快亮的时候，她从床底下取出一瓶啤酒，喝了下去，才迷迷糊糊地打起盹儿来。可很快，她又想起周灿说的话。朱莉感觉像是有一个木桶扣在自己头上，怎么甩都甩不掉。

"哦，有一个很好的男孩曾爱过我，他曾爱过我，现在他死了……狗屎。"

看 秋

路向东

麦忙不怕忙，就怕豆叶黄。

——豫东民谚

豆叶黄了，秋意渐浓。

要不了几天，秋庄稼就成熟了。豆子已经可以用火燎着吃。大水正撅着屁股，在土沟里用铁锨挖坑。坑是圆的，像锅灶。后面留个小眼，是烟囱。

大水挖好了锅灶，去拾柴火。他在豆秧底下摸捞一把豆叶，又在树上找了几根枯树枝。看看四周，没一个人影，他猫着腰钻进五队豆地里，噌噌拽了一抱豆子，一溜烟儿钻进沟里。

藏好东西，他爬出沟，像将军一样巡视着他的疆土。"哎——哎——"他拉着长腔，"放羊的老帮子，招呼你的羊，别啃了俺队里的豆子。"

一个人也没有，就只有他的长音，在豆地的上空悠扬地飘荡。

大水是八队的。

大水弟兄六个，上不起学，十五了，重活儿干不了，挣不了工分，他爹给队长送了一只下蛋鸡。正好队长老婆坐月子，缺奶水，就收了鸡。大水正式成了八队的半个劳动力。每年的这个时候，秋庄稼无缘无故地丢失，有牛羊祸害,也有人偷着往家里带。

队长就派大水看豆子。

大水看一天豆子可以挣六分。

小满也是看豆子的,她看的是五队的豆子。

他们经常碰面。

小满十六了,比大水大一岁。小姑娘水灵灵的,该长的地方都长了,一说话就笑,那笑声半夜里还响在大水的梦里。

大水点起了火,烟冒出来了,豆子在火里噼噼啪啪地响。毛豆子的香味飘散开来,大水从火里捡一豆粒,尝尝,香啊。他把火踩灭,把豆子一把一把摆好:"这是我的,那是小满的。"

小满是闻到香味才来的。

她一来就看见她队里的豆子少了。

她骂大水:"大水你个龟孙,你又偷俺队的豆子了。"

大水不说话,他把燎好的豆子伸到小满的鼻子前。

小满恼了,不吃。大水吃,吃得很香。小满从地上拾根棍子,把大水摁在地上,照屁股上就打:"还偷不偷了?"

"不偷了。"

"叫声姐。"

"姐。"

"亲一口。"

大水亲了小满一口。大水笑了,大水吃豆子把嘴吃黑了,小满粉嫩的小脸上印了一个黑唇印,像个女老包。

小满不打大水了,两个人头对头吃毛豆子。

天很快就黑了。

两个人躺在沟里看天。小满说:"大水,你说,人结了婚,有意思吗?"

"不知道。"

"我要结婚了,你高兴吗?"

"高兴。"

"高兴个屁,我跟别人结婚,不是跟你。"

"我不高兴,我要和你结婚。"

小满说:"那咱俩现在就结婚。"

"咋结?"

"笨蛋。连结婚就不会,你真笨死了。起来,我教你。"小满站起来,找了两块大土坷垃(河南方言,两块土块),并排放在一起,"这个大的是你爹,这个小的是你娘。"

大水说:"我娘早死了。"

"不能说'死',该说'不在了'。就当你娘还在。"

小满和大水并排站着。"咱们拜天地。"小满又想起了什么,把自己身上的小红褂脱了,蒙到头上。准备妥当,小满喊道:"一拜天地,二拜高堂,夫妻对拜,共入洞房。"

拜过天地,二人重又躺下一起看天。一直到小满娘喊小满回家喝汤了,二人才分开。

后来小满就不看秋了。小满出嫁了,她出嫁的前一晚,又把大水喊到西边的豆地里。小满说:"大水。"

"嗯。"大水应一声。

"我明天就出门子走了。"

"嗯。"

"你不想我吗?"

"想。"

小满又骂大水:"你个死大水,你咋恁笨哪! 你就不会托个媒人去俺家!"

大水很委屈,他不敢跟爹说,他爹没有钱。

"记住,大水,想我了就到俺庄西头那棵大柳树底下等我。我回娘家了就从那儿过。"

大水天天去那棵柳树底下等,没有看到过小满。小满没想到,结了婚就不自由了。大水就不去等了,他还去看秋。五队又换了个看秋的,一个弯腰老头儿,大水一句话也不和他说。

大水好像长大了。长大的大水常常望着小满的村庄发呆。

第二年,大水也不看秋了,他跟着父亲干重活儿,他终于可以挣到十分了。

一把油纸雨伞

汪菊珍

　　立军家屋后,是土爹的家。朝南两间,宽石阶,高门槛,白木大门。和普通人家不同的是,他家门枋上,倒挂着一顶油纸雨伞。别以为这是顶普通的雨伞,它可标志着一个个灵魂在世间的消失——哪家失去了亲人,来请土爹报丧,土爹即刻拿起这把雨伞,把它夹在腋下,风尘仆仆地去。

　　土爹瘦长,脸黑,常戴一顶绍兴毡帽,很旧,有时帽檐还缺个口子。我晓事时,他还做些生产队的轻便劳动,报丧是他的独门活计。所以,一旦见他夹着这把雨伞跑东跑西,小镇的人就会问他,这下轮到了谁。土爹嘴里含着香烟,又有点儿口吃,还没有说明白,早跑得没了踪影。因而,小镇对跑得快的人有所不满时,总说:“你报死讯去啊?”

　　凡是路近的,他进去后,必定会传出一阵哭声:“哎呀——哎呀——”但凡这样哭的,肯定是远了一点儿的亲戚。——至亲,尤其是儿女,早到了临终人的床前,哭声哪里会如此轻缓呢?土爹显然看惯了这些,默默地站在旁边,并不会劝说一句。

　　也有得急病去世,至亲又住得远,一时得不到音讯的。这时候,土爹总是闷着头,健步如飞。到了门前,他总显得犹豫不定;进得门去,他又讷讷地。但是,人家看到他的雨伞,早明白了怎么回事儿,于是急问:“谁? 谁谁?"跟着便是呼天抢地的哭声,让他也陪了一把老泪。

不管是怎样的人家,但凡他进去,都得请他吸烟,呈上一杯热茶——所谓热火,含有驱邪之意。他出来以后,哐啷,主家必定将一只破碗摔在他身后几步远的地方——如果舍不得碗盏,瓦片也无妨。我看到过这个时候的土爹,他会怕兮兮地盯那把雨伞一眼——暗红色的雨伞伞面上有密密匝匝的补丁,可能经常抹桐油,亮闪闪的。

我也好奇过,丧主的亲眷有远有近,他都能找到吗? 怎么找到的? 我甚至想象过,土爹到了一个小村庄,怎样急切地向人打听——想象出来的场景,都在我去过的地方,一个是我的外婆家天华,一个是父亲的老家汪家岙。然而,土爹不仅找得到,而且很快就能回来。

回来后的土爹更忙了——准备逝者的衣物:单的棉的、白的黑的,一件件必须由他先穿上,合身服帖后,才穿进竹竿,高高地挂起。入殓时,他按照礼节吩咐丧主,什么时候哭,什么时候停。出殡之时,他腰束稻草绳,手拎两个稻草垫,走在前面。他把垫子放在哪儿,棺材就停在哪儿。过桥之时,他让孝子爬过去。棺材入土,他让亲人们分作三圈,手拉着手,来回兜圈。事毕,并没有什么谢礼,不过白赚了几天的吃喝。

他的女人过世得早,只留下一个儿子阿土。阿土也很高,比他爹还结实。说话也有点儿结巴,人却很聪明。他在生产队干活儿肯下力气,人们称赞他忠厚实诚。然而,可能由于他爹经常跑丧家,本地姑娘并不愿意嫁给他。做爹的养大儿子不容易,千托万求,终于从里山娶来一个媳妇。

成亲那天,我们小孩儿自然赶热闹。但没娘的孩子,就是结婚也冷冷清清,没有看头儿——几个穿得极为普通的妇人,坐在长条凳上,静静地端个茶杯,不说一句话。倒是晚饭后,一阵鞭炮声里,新舅爷告辞,新娘从穿堂的石头步道,送到河边的大路上,哭得很厉害。

后来知道,新娘叫爱珠,圆脸,凤眼,嘴巴很小,说话声音很好听,口音和我们稍微不同。开始,阿土父子并不让她去生产队干活儿——山里姑娘,怕她不会种田。然而,爱珠姐要强,硬是让阿土哥教她。一两年后,她不但全学会,手脚还比人家利索。

春上空闲,常见她拎个篮子经过我家门前,去自留地里割菜。秋后棉花落叶,她背个竹筐去扒花叶——可能是她上山捡拾柴火得到的启示——我就是学了她的样,也去棉花蓬里扒柴火。大约第二年,她生了个儿子,大头大脑,像足了阿土哥。

我高中毕业,就开始代课,有时也到生产队干活儿,尤其是夏天的"双抢"劳动。由此熟悉了队里的每个妇人,包括爱珠姐。原来,爱珠姐是个爱讲话,也会讲话的人。一天,在仓库里拣择稻谷种子,门板还没有搭好,就有人提议爱珠姐讲个笑话。她没有辜负大家的期望,果真让大家笑了一通。

更多的时候,她讲山里的事情。酷暑时节,她说山里后半夜盖被子。我就问:"夏天不热,冬天不是冷死了吗?"爱珠姐却说:"冬天比这里暖和,即使冷得厉害,也可在家里烤火。"我无限向往地说:"这样的好地方也有。"言下之意,爱珠姐你为什么离开了那样的好地方?

爱珠姐可能没有明白我的意思,她笑着说:"冬暖夏凉有什么用,四季清闲有什么用,只有番薯可吃呀。""番薯,我最喜欢吃。"听了我的这些话,爱珠姐却默然了,或者她想说:"你太幼稚了。"然而,出于山里人的智慧,或者是外来媳妇的谦恭,这样的话她却没有说出来。

阿土哥的儿子长大了一点儿,他们就在门前的空地搭了个小屋。土爹搬到小屋,那把已经变得灰不溜秋的雨伞,也挂到了小屋门前。我晚上去朋友阿彩家,总是经过那里——那把雨伞固然有点儿吓人,但是,土爹的小屋里总点着一盏昏黄的灯,有时还传出几声咳嗽,又给我壮了胆。

没过几年,土爹就过世了。他的后事,包括穿衣之类,全由阿土哥料理。但是,土爹给人报丧的活计,却由另外一个人接了过去。阿土哥自学了电工技术,后来做了村里的电工。他也走村访户,给人修灯、装电表,后来还收电费,整天乐陶陶的。

他们的儿子我教过，非常聪明的一个男孩儿。毕业的时候，我上门家访，建议爱珠姐让儿子读高中。爱珠姐指着墙角说："阿土不肯背老爹的这把雨伞，却想把自己的电工刀传给儿子。"我顺着她的手势，果然看到那把雨伞。土爹当年把它夹在腋下，健步如飞。只是，它的油纸已脱光，只剩一束土黄色的伞骨了。

终于，他们让儿子报考了电工类技校，毕业后分到了大城市的电厂，如今还在那里工作。

现在我想起，爱珠姐说到山里，就提起番薯。她说："顿顿番薯，胃受得了？"

过 坎

练建安

腊月二十九，年下圩。落日西沉，满堂和阿爸德凤肩扛担杆沿山路回村。担杆上挂的棕索，俗称络脚，晃晃荡荡的。

爷儿俩足力健捷，片刻，登上了西向山坡。晚霞绮丽，群山连绵，村落宁静祥和。参差错落的泥墙黑瓦上，飘散袅袅炊烟。

满堂出神地望着对山的一座五凤楼。楼内猛地蹿起数道白烟，于半空炸裂，一会儿，传来闷响。

满堂戳在那儿，不走了。

满堂喉结搐动，说："今晡春娣定亲吧？好多人哪，蚁公样般。"

德凤说："傻子啊，同族同姓，春娣和你无缘。"

太阳下山了。德凤父子来到了三岔口。

大樟树下，坐着一对三十出头的男女。旁边，放置猪笼竹杠。男的乌黑壮实，拿出一条熟番薯塞给女的。女的脸黄瘦弱，说不饿，饱饱的，吃不下。两人你推我让，拉拉扯扯。

猪笼里的黑猪崽，叫槐猪，约莫七八十斤，架子显，奋拉着耳朵，见人靠近，便惊恐地转圈儿，哼哼唧唧。

"买的？"

"卖的。"

"没卖掉?"

"不到三块银圆,俺不卖。"

"哪村的? 有点儿面生哟。"

"笠嫲崇的。俺堂姑嫁到你们村,叫来招子。"

"噢,来招婶子的大侄哥啊!"

"俺也认得您哪。前年您到俺村舞狮子,硬是赢了铁关刀的三斗米酒哪。啧啧。"

"嘿嘿。后生,喊嘛介?"

"大名是叫禄贵的,乳名板墩。"

"板墩,俺也不多还价,两块半。"

"两块半?"

"两块半。不能再多了。"

"俺要和家里的,商量一下。"

板墩就拉着那女人走开,悄声说话。

"娘……"女人扭过头去,像是要流泪。

板墩走回,说:"两块半就两块半,现钱。"

德凤摸出银圆:"先付两块,欠款年后给。"

板墩涨红着脸:"便宜卖,就是等钱急用哪。"

德凤缩手:"这两块,还是老东家的。俺只有脚钱三百文。"

板墩一跺脚:"两块,添三百文,卖了! 过年就是过难。"

德凤感慨:"这年头儿,过年还是过坎儿。"

一手交钱,一手交货。板墩连带猪笼竹杠也一同奉送了。

满堂心不在焉,不吭声儿。爷儿俩搭肩,扛起猪笼,一前一后,踏着暮色赶路。

村外,小溪蜿蜒南流。水车旁,有独立排屋。这就是德凤家。

凤婶老远就瞧见了猪笼，赶紧抱来稻草，铺入猪栏。刚铺好，爷儿俩也就到了。

前些日，家里的大白猪卖给了七里滩的唐大善人，得款还清旧债，剩余两块银圆，当当响，猪栏却空着。

德凤取出银圆，径直往外走。

"不要等，先吃。"

德凤返回，已是掌灯时分。

满女随小哥给外公送年礼回来了，正在呼呼啜粥，放下碗筷，甜甜地喊了声阿爸。

德凤坐下："吃吧，吃吧。"

桌上很丰盛，油豆腐、猪膏渣炒雪里蕻，猪骨头炖水咸菜、煮番薯芋头，管够管饱。

兄妹几个不时张望厅堂横梁。那里挂着一扇新鲜猪肉，前腿肉。日里打狮班送来的。

德凤抓起煮地瓜，想起了什么，掏出一把铜钱，摊在桌子上，推向凤婶："收好，老东家赏的。"

"当家的，那乌猪崽，不对劲儿呢。"

"嗨，搞一把黄连、桔梗、板蓝根，拌入猪食，三五天，包好。"

三十大早，村庄敬神祭祖的鞭炮声此起彼伏。清新透明的空气里，荡漾着缕缕香气。德凤带满堂张贴大门对联，私塾华昌先生手笔，颜体，红纸黑字。

"哎哟嗨，衰哟，还衰哟。"

循声望去，猪栏边，凤婶踉跄而出。

乌猪崽翘尾巴了，硬邦邦的，周身布满红黑斑点。

德凤紧咬腮帮，良久，嘶哑着说："满堂，去，拖走埋掉。"

凤婶嘟嘟囔囔的。

德凤说:"莫叫啦!赶紧挑几担石灰来,猪栏里外,不留死角。"

太阳出来了,一家子沉闷地吃过早饭,德凤就去大围屋找荣发了。每年正月,客家山乡都要舞狮子。德凤和荣发,是最雄壮的一对。

两人喝茶聊天。讲完狮班安排,德凤起身告辞。荣发说:"凤哥,您有心事啊!"德凤捶了老伙计一拳,朗声大笑。

走上石拱桥,德凤遇到了六叔公。

六叔公养了一群生蛋白鹜鸭,过年也不得闲。

六叔公说:"奇了怪了,溪坝里,福佬嫲捡到一头乌猪崽。"

福佬嫲七老八十,孤苦伶仃的,住在溪边一栋废弃的老屋舍里。

德凤径奔老屋舍,苦心劝说福佬嫲勿吃瘟猪,要赔她一扇前腿肉。

德凤回家,问满堂:"瘟猪崽埋在哪儿了?"满堂红着脸说:"扔在溪坝里了。"德凤说:"满堂,都是快要娶媳妇的人啦,做事要老成哪!那东西被五婆捡去了,害人嘛。"满堂低下了头。德凤说:"狮班给的,留下三斤,都给五婆送去。瘟猪肉,全他娘的倒入粪坑里头。"

满堂斫下一块肉,扛猪腿过溪去了。

德凤坐在门口竹椅上,吧嗒吧嗒抽旱烟。忽听哇哇哭声,满女的。接着,传来小哥的抽泣。德凤挥动烟杆嘭嘭敲击木门槛。安静了。远处,鞭炮声断断续续。

三年后的一个冬日,汀江流域竟飘起了纷纷扬扬的雪花。沿江石砌路,光滑难行。德凤、满堂一大伙儿挑夫从大埔石市挑来盐包,翻越鹞子嶂,前往河头城装船载运。

"救命啊!救命……"

途经半山亭外,忽听撕心裂肺的呼救声。

百十步远,两个威猛蒙面人,翻转刀背,狠力敲打一个乌黑汉子。

乌黑汉子跪地哭号。

那不是笠嫲嶂的板墩吗?

德凤他们停下了脚步。

"凤哥,救吗?"荣发问。

德凤站在原地,不动。

雪花飘落在斗笠上,无声无息。

"救!"

德凤和他的同伴,几乎同时抽出了硬木担杆。

1982 年的喇叭裤

朱·羊

1982 年春天的一个下午,白文化一觉醒来,突然发现萨尔图的潮男潮女纷纷穿起了喇叭裤。那裤子紧箍着臀部和大腿,却在膝盖下开出一朵喇叭花,长长的裤脚,遮盖着鞋面,扫帚一样在大街上扫来扫去的,非常抢眼,特别时髦。白文化瞧在眼里,痒在心头,更有一种被别人占据风头的不甘心,他想,必须在见到柳小燕之前,穿上一条这样的裤子。

半个月前,东风商店最漂亮的营业员柳小燕在回家途中,被贾老四领着一帮小地赖子围堵调戏,正巧被路过的白文化撞见。一场拼斗下来,他成了女孩儿心目中正义与力量的化身……

"送你送到小村外,有句话儿要交代。"邓丽君柔美的歌声从街对面飘进他的耳朵。

"三旦,过来一下。"白文化喊。

三旦提着四喇叭的录音机,晃晃地过来,慢慢摘下贴着商标的蛤蟆镜,满脸堆笑地说:"哟,化哥,啥事啊?"

"裤子借我穿几天。"

"裤子有借的吗?"三旦的眼睛瞪得溜圆。

"借不借?"白文化的脸色阴沉。

"借啥玩意儿,送你穿不就完事了?"三旦心疼地嘟囔着,乖乖地脱下裤子,"涤卡面料儿,不起褶。"

按说,三旦在萨尔图,也是一跺脚四方乱颤的人物,但在白文化面前却从不敢说个"不"字。

两人换好裤子,白文化扭头问:"咋样?"

"还用说!"三旦强挤出一丝笑,"东风吹,战鼓擂,化哥面前能有谁?"

"你这张嘴不去说评书,白瞎了。"白文化龇牙一笑,甩给三旦一支"大前门",自己也很有文化地叼上一支。

兄弟情谊在一团蓝色的烟雾里凝固,三旦眼瞅着白文化拖着两管"大扫帚"离去,然后将录音机拧到最大音量,好像要把邓丽君从里面请出来跳舞似的。

白文化约到柳小燕,去电影院看《追捕》。

柳小燕问:"你穿的那叫啥裤子呀,奇奇怪怪的。"

白文化笑一笑,不语。

"臭样儿吧,装史村警长呢?"柳小燕嘻嘻地笑。

白文化悄悄牵起她的手,握进掌心里,柳小燕顿时花容失色,嗔怪道:"要死呀! 这么多人看着呢!"

白文化横着眼前后左右趸摸一圈儿,对着黑暗中那一双双放光的眼睛大喝:"都瞅啥?"

看电影的人又开始专注于银幕,杜丘和真由美骑着马,一路狂奔,啦呀啦,啦呀啦呀啦……

送完柳小燕回家,天已经黑了,白文化有些后悔,本来打算把柳小燕按在她家的门框上亲一下的,就在他蠢蠢欲动之际,柳小燕当警察的爸爸开门出来了。

白文化落荒而逃,远远地听见柳爸爸在身后喊:"算你小子腿脚利索!"

没想到第二天,腿脚利索的白文化被柳爸爸押进了派出所。

起因是三旦在街上遇见了贾老四，非朝人家借喇叭裤穿。贾老四不借，于是挨了三旦好一顿拳脚。贾老四扛不住，终于答应借。三旦一边勒裤腰带，一边开导着他："老四，就不能自觉点儿？伤了和气有意思吗？"

贾老四擦着嘴角的血，忍气吞声地说："没意思。"

"下不为例啊！"三旦冲手下几个小弟使了个眼色，贾老四甩开几条胳膊的纠缠，兔子一般撒腿跑开。

一支烟还没抽完，贾老四就带着一帮人杀了回来，为首的是贾老大，曾因故意伤害罪入狱，刑满释放没几天。不过几个回合，三旦和他的弟兄们便被打得哭爹叫娘，跪地求饶。

"你是白文化的兄弟？"贾老大掏着耳朵问。

"是啊！"三旦以为报上白文化的名号，对方会知难而退呢。不料，又是一阵狂风暴雨般的殴打，木棒子敲折了好几根。

"回去告诉姓白的，老子想会会他！"

萨尔图有史以来，最著名的一次街头群架拉开了序幕，警方称之为流氓斗殴。贾家兄弟怎么也不会想到，胆大包天的白文化居然孤身一人，抢过一条铁棒，横扫他们三十余众，如同虎蹿羊群一般……

半个月后，白文化从拘留所里被放了出来。

大门外，站着亭亭玉立的柳小燕，她身后站着三旦和他的弟兄们。

白文化上前一把抱住柳小燕，号啕大哭。

"熊样儿，哭啥呀？你不是挺有能耐吗？"

"都是你爸，把我的裤子剪成碎布条了！"白文化接着哭。

"没事的，我再给你缝上。"柳小燕说着，哧哧地笑起来……

狗皮帽子

朱 羊

1979年，十七岁的我刚刚参加工作。那时候，东北一进入冬天，北风吹，雪花飘，人在野地里撒泡尿立马冻成拐棍，就这么邪乎。

气候再恶劣，野外施工也不能停，石油工人战胜严寒的法宝就是狗皮帽子杠杠服。

皮帽子暖和，主要是因为皮上柔软蓬松的狗毛，寸把长的毛，帽子往头上一扣，遮盖下大半张脸，舒坦。那杠杠服，全是一水儿的劳动布，蓝灰色，絮上厚厚的新棉花，粗针大线轧成一道道的，爬冰卧雪，百寒不侵。都说东北人抗冻，胡说，没这些装备，您试试，不冻成冰棍儿才怪！

发劳保用品时，队长分给我一项白毛狗皮帽子，白得简直太纯粹了，一根儿杂毛都没有。端端正正地戴上，一下子便找到了杨子荣的感觉："穿林海，跨雪原，气冲霄汉哪！"

号称全队一霸的王三旦也看上了我的帽子，非缠着队长要调换。队长松奔的眼皮一撩，照准他的屁股踹一脚："凭啥？你长得好看呀?！"

晚上下班，王三旦把我拽到宿舍后面的小树林里，让我给他个说法。

"甭以为你胳膊粗力气大，我就惧你！"

"哟嗬，倒要看看是你的皮子紧，还是咱的拳头硬！"王三旦冷笑道，一把将我头上的帽子撸掉，一记"黑虎掏心"，将我窝在地上。

我好半天才缓过劲儿来，趁王三旦弯腰去捡帽子的当口儿，拼尽全力，一个"饿虎扑食"，咬住他的左耳朵，钢牙紧错，嘴角立时鲜血淋漓。若不是王三旦跪地求饶，我非将他的耳朵撕下来不可。

从此，王三旦再也不敢招惹我。

这一天，我们的任务是给一个联合站送水泥，五个人装一辆五十铃大卡车。几趟往返下来，汗水湿透了衣服。

王三旦暗暗和我较劲儿，五十斤一袋的水泥，我扛一袋，他扛两袋；我扛两袋，他就扛三袋。我硬撑着，累得舌头都快吐出来了。

车装满了，王三旦过来，替我拍拍身上的灰，竖起大拇指："你真是咬死人不松口呀！"

我龇牙一笑，他吓得一激灵，赶忙捂耳朵。

我们坐上拉水泥的车，顶着呼呼的寒风，向联合站进发。

王三旦递来一支"大前门"："你小子有种，以后咱们就是哥们儿。"

"好说。"我接过烟,吐出一大团烟雾。

王三旦告诉我,他以前养过一条狗,通体雪白,特解人性。有一回,家里进小偷,白狗拼死护院,把小偷咬得满屁股流血。后来那狗丢了,所以,他瞧见我的帽子,就想起了他的狗……

快进联合站的时候,遇上一段大陡坡,司机打喇叭,提醒我们抓紧车槽子。然后,车开始拐弯儿,颠簸。就在卡车快要开上陡坡的时候,王三旦一下子从车上滚了下去……

去医院看王三旦的时候,他像一具木乃伊躺在病床上,左臂和右腿打着石膏,一直昏睡不醒,情况不是很好。

大夫跟队长介绍王三旦的病情,说他耳膜受损严重,尤其是左耳朵,听力不过正常人的十分之一。

司机"哦"了一声:"怪不得,那么按喇叭他都听不见。"

我没说话,默默地摘下狗皮帽子,端端正正地给他戴在头上。

抵 抗

朱 羊

他亲手击毙了表哥。

他几乎不假思索，抬手一枪，枪声清脆刺耳，直接命中胸口。表哥是他的连副，临死前，表哥的脸痛苦地扭曲抽搐，表哥如何也想不到自己会是这样一个死法。表哥在倒下前的刹那间，终于完成了此生最后一个军礼。

整整一个上午，面对三倍之敌，他的独立团打退了小鬼子十七次进攻。然而对他来说，这些并没有多大的意义。他得到的军部命令是：为掩护大部队撤离，在天黑之前，一只蚂蚁也不能踏过八道岗。

面对如此顽强的阻击，敌人调来了五架飞机，对阵地进行狂轰滥炸，将他的队伍埋进一片火海。他从炸塌的指挥所里爬出来，耳朵眼儿里嗡嗡有声。他的门牙被一粒石子儿崩碎了，和着一口血水吐出来。他拍打掉头上的灰土，瞪起一双血红的眼睛，恶狠狠地吼："小鬼子，今天你干不死我，我就干死你！"

阵地前弥漫着土地被烧焦的气味儿，到处是残缺不全的尸体。烧焦的手臂和大腿，灌木丛似的胡乱地伸向天空。这些都是他的士兵，朝夕相处的生死弟兄，刚才还活蹦乱跳的，转眼间已是阴阳相隔。他的心在淌血，他想号啕大哭，但眼里却流不出一滴眼泪。

表哥戴着被子弹穿了两个洞的钢盔，冲到他面前："报告团长，鬼子火力太猛了，弟兄们实在是顶不住啊！"

他望了一眼头顶上白花花的日头，眼里喷出火来："鬼子上来了，你是干啥吃的？给我压下去！"

表哥揪着烧焦的眉毛，苦咧着嘴："咱们已经弹尽粮绝，援军为何迟迟不到？"

他无法回答，他所能做的就是操起一把步枪，然后命令左右："上刺刀，跟我上！老子就不信，他娘的小鬼子能有两条命！"

一场肉搏战下来，他的士兵们死的死、伤的伤，咒骂声、哭号声此起彼伏。

"团长，咱们还是撤吧！"表哥满是血的脸上焦躁不安，"留得青山在，不怕没柴烧啊！"

"动摇军心者，杀无赦！"

"你个王八蛋，老子怕死吗？咱们如此无谓抵抗，有个屁用！"表哥毫不示弱。

"滚！"

表哥哑着嗓子干号了一声，转身跑开。

他面无表情地望着表哥的背影远去。当年，他最爱看表哥演《挑滑车》。大幕拉开，高宠英姿飒爽，跃马挺枪，连挑金兵十一辆铁滑车，何等的盖世英雄！但终因体力不支，战死沙场。大幕落下，表哥卸了妆，又活脱脱地站在他面前，然后，他们一起去汇福楼吃馄饨。表哥不食辛辣，唯恐倒了嗓子，只在清淡的汤水上撒一撮嫩绿的香菜叶。如果没有这场该死的战争，表哥如今定是红遍大江南北的名角儿，还有那个如花似玉的小花旦宁儿，他也得尊称一声嫂娘。

他从小父母双亡，是舅舅一家人将他拉扯长大。后来，他进了省城读书，靠表哥唱戏供他学费。再后来，日本兵进了城。一天晚上，他和几个同学去街上贴传单,被几个巡逻的鬼子发现。他们在前面跑,鬼子在后面开了枪,几个同学当场死于非命,若不是遇上清风寨赵大当家的出手相救,他的命早就没了。他就是在那天晚上,跟随着赵大当家的上了山。

几年下来,他学会了骑马打枪,成了清风寨足智多谋的军师。在一次伏击鬼子运粮车的战斗中,赵大当家的被冷枪打中面门。赵大当家的临死前,将清风寨交到他的手上。从此,清风寨成了鬼子的眼中钉、肉中刺。直到去年,兵强马壮的清风寨接受东北抗联的整编。

刚过正月,表哥找到了他,告诉他,因为一个鬼子大佐相中了宁儿,传话要宁儿去他的军营唱戏。宁儿知道此去凶多吉少,便用碎玻璃扎花了脸。恼羞成怒的鬼子大佐哪肯善罢甘休?派兵包围了戏班子,见人就杀,宁儿当场被一个鬼子用刺刀挑死。表哥仗着一身武艺,历尽险关逃了出来,投奔到他的部队。

日头渐渐西斜,阵地前杀声四起,枪炮声更是震耳欲聋,一小股鬼子已然冲入战壕,与他的士兵缠斗在一起。

表哥带着几个兵又一次冲到他面前,苦苦哀求道:"团长,再不撤,真的来不及了!"

砰!他不由分说,果断地扣下了扳机,眼睁睁看着一股鲜血从表哥的胸膛迸溅而出。

他握枪的手不停地颤抖着,一缕青烟绕着枪口散开。此刻,他多么希望眼前发生的一切只是一出戏呀:大幕开启,高宠威风凛凛地挺枪跃马,挑起铁滑车……

鬼子又一次发起了冲锋。

他手提大刀,仰天大笑,学着表哥的戏文,一板一眼地命令发报:"弹尽,援绝,阵破!然扼守一隅,做最后抵抗,誓死为止……"

一个下午

张玉强

我和张斌在胡同里摔元宝。

我和张斌的关系有点儿复杂。我比他大一辈,小一岁。我们是同班同学。我们总是形影不离。他爹是我们老师。

整个村庄都在暖暖的斜阳中打着瞌睡,北风有一搭无一搭地卷过。

我们玩了很久,额头挂上了细密的汗珠,紧贴着棉袄的皮肤一阵阵刺痒。

元宝是用纸叠成的四方片片,有正面有反面。摔元宝就是拿你的片片去拍他的片片,拍翻了算赢。

张斌手里的元宝不剩几个了。他个子矮,力气小。他开始有点儿焦躁了。

张斌这次丢出的元宝很薄。我拍下去的时候,风来了,把张斌的元宝吹翻了面。我伸手要拿,张斌急了:"风刮的! 这个不算。"

"翻了就算。"

"不算!"

我推开他,一把抢走元宝,攥在手里。

张斌愤怒了:"无赖!"

"你才赖！翻了就是翻了。"

"你赖！你就是大无赖！玩什么你都大无赖！"

张斌嚷嚷着，伸手要抢。

我一把把他拨拉开。

张斌扑上来，搂着脖子把我撂倒。他压在我身上，试图把那张元宝夺回去。

我一扬手把那张元宝丢得远远的，趁他喘息的空当，一翻身把他压在下面。

张斌脸朝下，贴着地，闷吼："起开！孬熊！"

我死死压住他，不吭声儿。他不断弯起小腿，用脚后跟磕我屁股。

后来他也累了，不再挣扎。我俩就那么静静地叠压在一起。

四周寂静无声，头顶的树梢偶尔鸣然作响，东墙上只剩下一半阳光。

一条瘦骨嶙峋的黄狗从胡同口走进来，满腹狐疑地打量了我们一会儿，又无聊地走开了。

我觉得自己都快睡着了。我想这么下去终究不是个事儿，可我也没有办法。

张斌突然开口说话："起开！我要尿尿。"

我："到底算不算？"

张斌："不算！"

我就继续压着他。

张斌积蓄了一会儿力量，使劲儿挣扎起来："快起开，我要尿裤子了！"

我放开他。张斌跳起来，跑到墙根解开裤子就尿。

我捡起那张被我丢开的揉皱了的元宝，展平，扔到他跟前，看着他尿完："还来吗？"

张斌打了个寒噤，慢吞吞地系着腰带，若无其事地说："来！"

楚　歌

郑俊甫

　　李太后用过早膳，便焚了香，端坐在莲花蒲团上准备诵经。隆庆皇帝走得早，儿子万历皇帝尚未成年，大明帝国沉重的担子实际上就落在这个二十八岁的女人肩上。

　　李太后不清楚自己什么时候开始信佛的。一边是繁杂的朝务、纷扰的人事，一边是女人天性的柔软，李太后不知道该怎么去平衡这样的关系。她只想逃避，或者说寻求一种灵魂的寄托，来掩盖身心的疲累。于是她迷上了诵经。《法华经》说："梵音微妙，令人乐闻。"佛菩萨之音声，正直、和雅、清澈，让人倏忽间"跳出三界外，不在五行中"。

　　李太后的心神还没有落到梵音上，就被一声呼喊搅乱了。是儿子朱翊钧，小皇帝跪在三九的第一场暴雪里，双手举着一件破烂的棉衣，呼喊得声嘶力竭。李太后慌忙把儿子扯进温暖的宫殿，询问详情。

　　小皇帝流着泪，呜咽着讲述事情的经过。镇守蓟镇的总兵戚继光，在大雪之夜从长城古北口驱马而来，状告总督王崇古。蓟镇所有兵士今年刚刚换季的棉衣，到处都是撕烂的窟窿，棉花黄黑发霉，有一搭没一搭。蓟镇的兵士都是从浙江招募来的客兵，本来就不抗冻，再穿上这么一件烂棉衣，站在滴水成冰的长城上，仅昨天一天，古北口上就冻死了十九个人。

"十九个人哪,那可都是我大明生龙活虎的将士!"小皇帝声声凝噎。

"这不是作孽吗?一定要严惩王崇古!"李太后拍着手边的佛经说。

"可是,采购棉衣的人不是王崇古。"小皇帝梗着脖子恨恨地说。

"是谁?谁也不能对兵士造孽!"李太后杏眼圆睁。

"是……武清伯李伟。"小皇帝紧盯着母亲的眼睛。

"什么?"李太后一下子瘫了。

武清伯李伟是她的父亲,小皇帝的嫡亲外祖父。信佛以后,孝悌一直是李太后奉行的家国之道,人有礼敬必吉,家有礼敬能昌,国有礼敬自强。武清伯李伟的贪腐行径李太后是知道的,但她总觉得父亲出身卑微,前半生尝遍清苦,现在有条件了,把丢失的恶补回来也未尝不可。所以遇事李太后都是睁只眼闭只眼,得过且过。但现在不一样,现在父亲危害的是大明的戍边将士,是儿子的社稷江山,是可忍孰不可忍!

"张先生怎么说?"整理了一下纷乱的思绪,李太后小心翼翼地问。

李太后口里的张先生就是内阁首辅张居正,也是她每每窒息前的最后一根救命稻草。

小皇帝用衣袖揩了眼泪,然后抚着那件破烂的棉衣,沉声答道:"张先生已经有主意了。他觉得应该重重惩治制作棉衣的人,至于武清伯李伟,也是受害人,就不追究了。"

李太后听得父亲已然"金蝉脱壳",一颗悬着的心才终于落下,她挺了挺身子,重新变得优雅。

"可是,"小皇帝的话还没有完,他忽然提高了嗓音,恼怒着说道,"母后,难道武清伯李伟不该受到惩罚吗?"

李太后一怔,手捻着佛珠,沉默了片刻,说:"放心,我会好好申斥他的,让他下不为例。"

这件事就这么过去了。一连几天,李太后都没能好好坐上莲花蒲团,诵经需要身心都在一个空灵的境界,这么一件让人头疼的事,搅得李太后寝食难安，她哪里还能静得下来？

这事好不容易翻篇了，又能焚香了，静坐了，却又来了一件闹心事。

太监冯保禀告说，锦衣卫在紫禁城外抓到了一对寻对食儿的。所谓对食儿，是太监与宫女之间因为寂寞而发展成的长久稳定的恋爱关系，有如夫妻。

冯保还说，太监因为畏罪，已经饮毒酒自尽了。"奴才就是想问一下，那个宫女如何处置？"

李太后闭着眼，一边捻着佛珠，一边微微摇了摇头，叹息着说："放着宫里好好的日子不过，却偏要去寻出这些麻烦来。也不知以前都是怎么处置的。"

冯保忙应道："太后说得对，这些奴才也都是不知好歹。以前这些事也不少，幽禁的、廷杖的，什么样都有。嘉靖爷处置得最严厉，男的押到东厂处死，那位宫女，被倒扣在一口大铜缸里，用炭埋了，点燃了烤。听说一天后把铜缸翻开，里头只剩下几块黑炭了。"

"啊！"李太后惊叫了一声，显然被这个残忍的处置方式吓到了。她快速地捻着佛珠,口里念念有词。

冯保忙躬身说:"太后菩萨心肠,见不得这样血腥的事儿。奴才斗胆建议,这位宫女,就饶了她吧!"

李太后沉吟半晌,突然挺直了身子,冷冷地说道:"还是不能饶。不管怎么说,宫里出了这样的事,都是有损皇家脸面的。传出去,人家还以为宫里的管理出了问题,对皇上影响也不好呀!"

冯保一愣,他没想到李太后会是这样的态度,只好垂着头,静静地等着李太后的懿旨。

李太后瞟了冯保一眼,幽幽地说:"铜缸蒸人太残忍了,你现在就去,赐她一条白绫吧。"

"是。"冯保小心地应了一声,正欲退出,李太后又喊住他,换了一副柔和的声音道:"不要难为她,让她梳洗穿戴得体面一些。告诉她,咱会让寺院的大师给她做一场法事,诵经超度。去吧!"

冯保"诺"了一声,躬着身退了出去。刚到殿门口,耳边忽然传来了李太后的诵经声,声音清脆悦耳,宛如一阙动人的梵歌。

银子从哪儿来

郑俊甫

一坐到办公桌前,崇祯皇帝就开始头疼。

桌上如山的奏章里,几乎都是一件烂事——要银子。辽东的皇太极时不时过来骚扰一下,派去的十万大军却不能一心一意御敌。没钱发军饷呀,士兵三个月都没沾荤腥儿,一个个无精打采。最要命的是西北,已经连续两年没下一滴雨了。从知县到皇帝,大家不知给龙王磕了多少头,作了多少揖,啥用也没有。陕西巡抚的奏章里全是眼泪,说是再拨不出赈灾的银子,饥民就要变成暴民,揭竿造反了。

崇祯皇帝开始召集大臣们开会,这是十八岁的崇祯皇帝坐上龙椅的第二年,满脑子的理想和抱负,全在空荡荡的国库前折戟沉沙了。三个臭皮匠顶个诸葛亮,那就开会吧,听听大家的意见。

意见很多很杂,朝堂上一片喧嚣,像是唱堂会。一阵面红耳赤的争论后,思路渐趋明朗,乱七八糟的矛头终于有了一致的朝向。这是明显的领导不作为呀,身为陕西巡抚也好,辽东总兵也罢,工作里什么样的情况都该考虑到,如果整日都是春和景明、风调雨顺,拴条狗都能管理,还要你们这些领导干什么?

"所以呢?"崇祯伸着脖子问。

"所以应该弹劾他们,追究他们不作为的罪过。"言官振振有词。

"弹劾之后呢? 灾情就没了吗? 银子就有了吗? 要不派你们去接管?"崇祯步步进逼。

朝堂上一下子静下来。刚才还唾沫星横飞的一帮人,面面相觑,都慌忙垂下了头,生怕皮球踢到自己脑袋上。

崇祯皇帝大怒,指点着群臣,从左到右,从右到左。半晌,崇祯皇帝才摇一摇头,压了怒火说:"朕是要你们来解决问题的,不是追究谁的责任。事情紧迫,大家都想一想,赈灾和军饷的银子从哪儿来?"

一阵交头接耳后,一位御史站了出来,进言道:"臣觉得该从吏治入手。当今官场,从上到下,不乏科场作弊买官卖官者,臣身为言官,几个月之内就推掉了几百两的贿银。如严加查处,定能为国家挽回不少损失,以解燃眉之急。"

崇祯皇帝来了精神,以嘉许的语气问道:"那就快说说,怎么查,从哪儿开始?"

话音刚落,朝堂上又炸了锅。平心而论,大家都有点儿心虚,多多少少的,谁没有湿鞋的时候呀? 查贪官,不是砸大家的饭碗吗? 群臣的矛头一起对准了出歪主意的言官。吏部尚书尤为不满,他是负责官员任命的,说吏治腐败,不就是说他失职吗? 他站出来,反唇相讥道:"既然大人说贪腐的人不少,那就请列出具体的名单吧!"

这话像是一记闷棍,言官当时就傻了。他不过就是出个主意,没想着把矛头指向具体的人。

言官说不出话,崇祯皇帝的脸又拉了下来:"说几个吧。"

言官无奈,只好胡乱说了几个名字。

吏部尚书一听,哂笑道:"这几个都是查处过的,家都抄了,难道你还帮着藏了些银子?"

朝堂上一片笑声。

崇祯皇帝见状,对着张口结舌的言官拍了桌子:"既然什么也说不出来,那就回家思过吧!"

这件事算是过去了。但银子的事还在,还需要大家发扬臭皮匠的精神。

沉默了一会儿,一位叫刘懋的官员站了出来,提议道:"皇上,可以清理驿站呀。"

这话点醒了大家,朝堂上又热闹起来,大家纷纷唱和。驿站就是朝廷在各地设立的招待所,专供传递官府文书的差役或来往官员途中食宿、换马。级别不高,开支却很庞大。因为除了正常的公务,更多的时候,驿站成了朝廷官员及其家属们外出游览的落脚点,大把的银子就这样白白流掉了。

朝堂的官员之所以赞同清理驿站,也是因为没有更好的办法了。况且谁也不是天天外出,紧急关头,能凑合就凑合吧。

难得大家意见统一。崇祯皇帝立时下旨:"那就实施吧。"

办法虽然不好想,可一旦有了,事情做起来倒很简单。所谓的清理,不过就是压缩一点旁逸斜出的开支,关闭几家可有可无的驿站,再开除一些无关紧要的人员。事情办得雷厉风行。

一年后,上报成果,全国裁减驿站二百余处,遣散驿卒上万名,节约银子八十万两。

崇祯皇帝很高兴,不管怎么说,总算是见点儿效果了。

那些被遣散的驿卒里,有一位陕西籍的,垂头丧气地回了家。因为旱灾,地也种不了,一家人食不果腹。没办法,换个工作吧,他揭竿而起,加入了暴动的民军。十四年后,他带领人马攻进北京城,把砸了他饭碗的崇祯皇帝赶上了紫禁城外的煤山。

他的名字叫李自成,绰号"李闯王"。

这是当年大刀阔斧的崇祯皇帝万万没想到的。

麻　雀

关·漪

11 月一过，麻雀就多了。稻子收割好，稻穗捡了两遍，剩下的留在田里，喂那些麻雀。周禾子背着手，站在田边看麻雀蹦来蹦去，低着头找稻穗吃。

周禾子的家在她身后。

周禾子如今已经 67 岁了，她 9 岁离家，60 岁回家。她不在家的这些年，最老的那间小土房没有拆，离家里的田最近，只隔一条小路。挨着土房子往西，建了一间高一些、大一些的砖瓦房；挨着砖瓦房，是贴了瓷砖的二层小楼，二楼的墙上还有空调外机。周禾子能想象得到这些房子的用处。小土房是先前爸妈和哥哥弟弟一起住的，后来哥哥大了结婚，给他盖了砖瓦房；然后弟弟也大了结婚，盖了楼房，爸妈依然住在土房里。

再后来，哥哥弟弟的孩子们长大了，去了外地，把他们的父母接走了。爸妈留在这里，直到去世。老房子没人看，也不好往外租，他们辗转打听到周禾子的下落，把她喊回来看房子。哥哥说得好："你住有空调的那间，夏天凉快，冬天暖和。不要舍不得用电，我们会给你付电费。"

周禾子客气地推辞："不要啦，我自己存了一些钱。"

她好好地修整了土房子，屋顶加上木梁，和砖瓦房连接的那面墙砌了砖。屋里屋外的墙面，先上一层碎草拌的泥浆，再刷上雪白的石灰。窗户换了新的,房顶铺了新瓦——怕土房子不承重,周禾子选的是很高级的树脂瓦。屋内的线路更新了一遍,装了小功率的空调,夏天最热的那几天用。冬天开电暖气,整间屋子都被烘得热乎乎的。屋子还是太小了,周禾子找不到地方隔一间小的洗手间,洗手上厕所只能去隔壁的砖瓦房。

这将是周禾子度过余生的地方。

周禾子9岁时,家里添了二弟,爸妈商量着把周禾子送走。他们跟周禾子商量,要把她过继给姑姑家。姑姑没有孩子,一直想领一个养着防老。周禾子没有觉得不妥,这里好几户人家都是这样,家里孩子多,就送几个给没孩子的人家。

姑姑没孩子,也没有结婚,周禾子守到姑姑寿终。在姑姑的墓碑上,周禾子的落款是:孝女周禾子缅怀。

姑姑对她很好,花钱供她念书,每年换季、过年都给她添新衣裳。那么多年,一句重话都没对周禾子说过,更别说打她了。周禾子念的师范大学,毕业后直接回姑姑身边,在附近的小学当老师。很多人给周禾子介绍对象,周禾子都看不上。她不想结婚,没有别的原因,而是觉得,像姑姑这样过一辈子也挺好的。

姑姑不高兴,第一次跟周禾子吵,吵完之后,一个星期没有跟周禾子讲话。周禾子默默地去见相亲对象,半年后领了一个年轻男生回来。姑姑这才原谅了周禾子。周禾子和男朋友在家里吃饭。姑姑说了很多次:"我不是要把禾子拴在身边。她是我养的小孩儿,不是我养的猫猫狗狗。你们结婚以后啊,过年来看看我就行。"

周禾子结婚那天,她的亲生父母、哥哥嫂子、弟弟弟媳都来参加婚礼,周禾子不太自在,喊爸妈:"大舅大舅妈,你们来啦?"

一家人给了周禾子一个红包,红包很厚。一转身,周禾子将红包递给姑姑:"妈,你给我收着。"

姑姑和妈妈两个人同时掉了眼泪。

周禾子调去了市里的中学,几年后在城里买了房子,跟老家人渐渐不联系了。结婚五年,周禾子还没有生孩子。她和老公去医院检查,查出是周禾子的原因。两个人算是好聚好散了吧,安安静静离了婚。房子给了周禾子,家里所有的存款都给了男方。

姑姑听说后,打电话来劝,周禾子不听。姑姑大老远跑来,天天夜里和周禾子睡一张床,劝她复婚。周禾子躺在姑姑身边,把姑姑的胳膊抱在怀里:"妈,你过来跟我一起过吧。我上班忙,晚上回来都吃不上饭。特别是期中期末考试前,天天晚上吃方便面。"

姑姑心软,抓着周禾子的手:"那怎么行?"

周禾子也去谈恋爱,带认识的男性朋友回来给姑姑看,然而总是没有结婚的缘分。一年年耽搁下去,姑姑也不催她了,安心地给她做饭,把房子打扫得干干净净,在阳台上种了花草,还养过一只猫、两只狗。

姑姑老家的房子拆迁,拿了钱,陪周禾子去看更好的房子,不久后买了带电梯的三室两厅,足足140多平方米。不上班的时候,周禾子和姑姑一起逛街,一起遛狗,一起买好看的衣服。两人心照不宣,都没有提起领养小孩儿的事情,仿佛对这样的生活很满意。这种满意,带一点儿认命的成分。

她们就这样过了二十来年,姑姑老了,住进医院,周禾子天天医院、学校两边跑。很少下厨的周禾子,对着菜谱学煲汤,给姑姑送去时而咸死、时而淡死的汤汤水水。姑姑出院那一天,松了口气,自言自语:"再住院,我肯定不是病死,是喝汤喝死的。"

回家第一件事,姑姑拎着菜篮子,让周禾子带她去菜市场。回来的路上,周禾子一手挎着篮子,一手挽着姑姑。

姑姑把周禾子赶出厨房,做了一桌子菜,全是周禾子爱吃的。

老一辈人很多不愿意火葬,但姑姑想得开,让周禾子在她死后将她烧个干净,骨灰随便撒进哪条河里都行。周禾子不说话,没说答应,也没说不答应。

姑姑去世后,周禾子买了两块公墓,刻好了两块碑,一块是姑姑的,一块是她自己的。两块墓地紧紧挨着,只是姑姑的碑上,有"孝女周禾子缅怀",周禾子的碑上只刻好生年,没有卒年,更没有子女缅怀。

周禾子一直不知道亲生父母去世的消息。她的哥哥和弟弟,在漫长的时光里遗忘了她。直到他们老了,要远离故土,为老房子的事情发愁,终于想起来自己还有姐妹。

周禾子没有多想,答应了他们。她花钱修老房子,住在里面。她一夜接一夜做梦,梦到9岁之前,和爸爸妈妈、哥哥一起生活的事情。

成群的麻雀扑棱棱地飞进她的梦里,很少说话的爸爸跟她说:"为什么要留稻穗给麻雀吃?为什么要在田里铺上碎草?都是为了养田啊!田里的泥土一直在养稻子,落在田里的稻穗给麻雀吃,麻雀在田里拉的粪便,和碎草拌在一起,就是泥土的肥料。麻雀死在田里,也是泥土的肥料。冬天下一场大雪,铺在整片田地之上,泥土在雪下变得肥沃,第二年春天,才能继续养庄稼。"只有在梦里,爸爸才会跟她讲这么多话吧。

一千只麻雀飞起来,高高低低,像燃尽的纸灰被风卷上天空。一千只麻雀落下来,像风吹落的叶子。一千只麻雀吃饱了,停到电线杆上,电线杆被它们挤满了。周禾子走过来,一千只看见周禾子的麻雀离开电线杆,往夕阳的方向飞,飞得筋疲力尽。就在接近太阳的时候,所有的麻雀都着了火,熊熊燃烧着。

那些想消失于世的瞬间

关·漪

小学一年级。我接连丢了三支自动铅笔,不知道回家怎么跟妈妈说,放学后,我在小河边来回走。小河对岸我从来没有去过,听说那里住着一户人家,种了一大片枣树,养了很多山羊。我没有其他想法,只想沿着小河,头也不回地走下去。

小学三年级。生病休学,一个人在家。我坐在池塘边看鱼,撕旧书折小船,在院子里挖洞烤红薯,坐到爷爷的墓碑边晒太阳。每天早晨、晚上喝中药,一边喝一边哭。跟妈妈说:"我想当小鱼,小鱼不生病。"妈妈说:"小鱼也很辛苦啊。"虽然不知道小鱼为什么辛苦,但是妈妈说那句话的时候,我觉察到她的心情。我想:如果这个世界上没有我就好了。

小学四年级。夏天的中午,老师要求午睡,不午睡的要回家重新睡一次才能来学校。有一天中午,我没有午睡,老师让我回家睡觉。学校离家很远啊,我慢吞吞地走在大太阳底下,想象自己被太阳晒着晒着,整个人就蒸发了。

小学四年级。老师给每个人发了一本习题集。整个县城都买不到,老师托人去省城买的。我最要好的朋友把习题集弄丢了。我把自己的那一本送给了她,然后让妈妈带我到复印社,复印了整本习题集。我用复印的那本。放学路上,好朋友说:"一定是你偷了我的! 不然你为什么要把你的给我?!"无论我怎么辩解,她都不相信,一口咬定就是我偷的。我们在路上吵了起来,路过的同学围观。她说:"就是你偷的! 我会让我哥哥来打你!"那一刻,我想在其他人的目光中,像一滴眼泪滴落到滚烫的地面,瞬间不见。

小学六年级。爸爸不在家,妈妈很少给我零花钱。快考试了,天气很热,妈妈每天给我买雪糕的钱。同桌的钱丢了,第一个怀疑的人是我。她说:"以前你根本没有钱买雪糕。而且你四年级的时候,偷了别人的书!"班上的人都在看我。有个男孩子走过来跟我说:"我知道肯定不是你。"我趴在课桌上哭,希望时间倒流,回到四年级,我再也不会把自己的习题集送给任何人。

初中二年级。一直很要好的几个朋友,突然都不理我了。她们不跟我说话,连看都不看我。暑假上补习班,她们坐在一起,我坐在靠墙的那一组。下课后,她们去买冰水,路过我。我真想自己可以隐身,她们中的任何一个人,都看不见我。

初中三年级。一次数学测验。老师站在我身边,看着正在想一道证明题的我。老师伸出手,在我试卷的图形上比画了一条线。我马上就知道怎么做了。之前,我总以为,所有的老师都不喜欢我,因为我成绩不好,长得难看,性格也不好。但是老师站在我身边,看我答题的那一刻,我发现,可能自己也没那么招人讨厌。我想躲到没有人的、空旷的地方,幸福又委屈地哭一场。那次,我数学考得很好,唯一一次考得很好。

亲人去世。我捧着他的骨灰盒往山上公墓走。我的愿望是变成山风,变成微尘,变成雨滴。我不想以一个人的状态存在于人间。

大雪的深夜。大巴车缓慢行驶在路上。路过僻静的村庄,只亮着几盏灯,远远传来犬吠。一天一地都是寂静的。我好像是从别的星球远道而来,窗外的黑夜、簌簌的雪、明灭的灯火,陌生而遥远。我已离家很近,却盼望时间静止,车再也不会往前开,我再也感受不到悲伤,没有过去,没有将来。

雪下得很厚

覆盖了麦田里收割剩下的秸秆

雪把房子埋起来,只留尖尖的屋顶

再往雪的深处

有很多树,一半在雪里,一半变成雪树

整个村庄就这样消失了

再往雪的深处,雪和天空连接在一起

雪和天空之间,形成一个夹角

掀起天空的一角

就能看见整个宇宙

和宇宙里全部的星星

日 子

宁春强

代销店位于石门的村南头,是两间不大的泥土房。立于屋檐上的牌匾破旧且有些大,宛如一个娃娃崽,偏偏戴了个大头帽,很有几分滑稽了。

店主是我的本家,叫宁春有。春有的头发像是营养不良导致的稀稀落落,老也长不长。春有总袖着手,即使是擦鼻涕,也不肯松开手,袖管就被鼻涕涂抹得油光锃亮的。春有却很幽默。因了他的幽默,来代销店拉呱闲扯的人就格外多,常常挤满了两间泥土房。

代销店也偶有关门的时候。比如,春有去乡供销社进货去了,或春有老婆肚子疼了。春有老婆叫待弟,肚子经常疼。待弟的肚子跟别人的不大一样,疼起来,吃药打针都不管用。唯一管用的办法是插好门,拉上窗帘,跟春有搂在一起睡觉。睡上个把时辰,肚子渐渐地就不疼了,待弟的脸于是就带着红晕,人也精神得如重生了一般。

春有不在时,代销店门口依旧会聚集一堆人。他们或站或蹲,漫无边际地拉闲话。一把老锁头,锈迹斑斑,木木地守候着陈旧的门。而这些闲话绕来绕去,总会绕到春有身上。仿佛不说说春有,所有的闲话都白唠了!

大家就嘻嘻哈哈地说起春有。嬉笑中,有人喊:"你看你看,说曹操曹操到,这人可真不抗念叨!"

果然，春有袖着手，一悠一悠地走来。身上既没搭挑子，也没背褡裢，显然不是去进货，而是在家给待弟治肚疼了。艳阳下，春有的八字眉，把那一双仿佛永远也睁不开的小眼睛衬托得格外滑稽。春有旁若无人地朝门走去，人群就自动闪开一条道，让店主过去。

开了门，春有袖起手，端坐在柜台前，人就木成了一尊雕塑。

"喂喂喂，说话呀！饼干过期了吧，降不降价啊？"

"我拿盒炮台抽，先赊账，你记着点儿啊！"

任你说什么，春有始终一言不发。直到一外村妇女走进代销店，春有才睁开小眼，款款地站起身，木木地看着新来的顾客。

"那是什么鞋？"女顾客指着货架上的一双女鞋，问。

"三七、三八拉带鞋。"

"多少钱一双？"

"三块七。"

"还没降价啊？"

"降不降价在后期。"

一个切切地问，一个木木地答。一屋子人，静静地听，哑哑地笑。

"龙泉散白干多少钱一斤？"又问。

"一角二一拎。"

"一拎是多少？"

"三拎是一斤。"

"你说说，俺家那个鬼！"女顾客边掏钱边嘟囔，"人家城里的大夫都说了，喝白酒伤肝，喝啤酒伤肾，可俺家那口子，非喝不可！"

"不喝伤心。"春有依旧不紧不慢地跟了一句。

忍不住，陡然一片哄笑，险些撑破了小小的代销店。

"哎呀！俺没带酒瓶，酒往哪里装？"

"往肚子里装。"春有说着，顺手从柜台里取出一个空瓶子，"打几拎？"

"三拎吧。"女顾客边说边摸出一张面值五角的票子。

春有开始打酒。一拎酒童子尿般，呈弧线钻进瓶子里，分毫也不外泄。"一拎喝了眼发亮，二拎喝了精神爽，三拎喝了当皇上！"吟罢，酒已打完。没等众人看清，一角四分的余钱，已排放在柜台上了。"拿好，慢走！"说罢，春有便又打坐成一尊雕塑。

日子寡淡。寡淡的日子，也常有意外发生。早春的一个下午，柱子风风火火地闯进代销店，一句话惊呆了店里所有人："爹，咱家草垛着火了！"柱子是春有的娃娃崽，一样的八字眉，一样的眯眯眼，活脱脱一个小春有。

"着了着了，一了百了。"春有依旧端坐着，木木地看着儿子，"人都没事吧？哦，那就好，那就好。"

大家就劝："快回去看看啊！草垛都起火了，还坐得住？"

春有刚睁开一条缝的眼睛，又合上了："回去也晚了，怕是早就烧得精光了。"

柱子边踮脚边拍柜台："爹，娘问你晚上拿什么烧火做饭。"

春有沉吟着，仿佛是在算一道数学题。片刻，春有找到了答案："回家去猪圈看看，猪窝里的草，估计做顿苞米粥差不多够用了。"

"那明天呢？明天烧什么？"柱子的小眼一眨又一眨，生怕问晚了，爹会睡过去。

春有习惯性地用衣袖擦了擦鼻涕："明天是清明节，烧纸。"

柱子便风一样刮去。片刻之后，柱子又风一样刮了回来："爹！俺娘肚疼病犯了，喊你回家！"

春有陡地打了个激灵，本能地站了起来："好，好。我这就回家，这就回家。"走出柜台，春有袖手蹭蹭柱子的头："你在店里待会儿，爹去去就回。"又冲着大家，木木地丢下了一句："女人嘛，肚子不疼，肯定有病。"

春有遂切切地奔家而去。家中的炕上，待弟的肚子正在等待着春有。于是，春有踩在土石路上的脚步，便越发有些凌乱、有些欢快了。

棒子王

宁春强

本家老婶的一个电话，把我勾回了老家石门。

"你快点儿回来吧，四爷怕是不行了，他要见见你。"老婶说的这个四爷，是石门的棒子王宋海云。曾盛行于辽南的棒子舞，早在 20 世纪 60 年代就淡出了舞台，而今不过是老辈人的一种回忆罢了。

"那些汉子，打起棒子来，大地都跟着颤哪！"老婶每每谈及棒子舞，满脸的皱纹便即刻灿烂起来。远去的棒子声，依旧拨动着她那不再年轻的心弦。

老婶说："棒子舞分八人棒、十六人棒、三十二人棒……人数越多，气势越大，场面越壮观。单是几十人打起棒子，就足以让大地颤起来。"我从没见过棒子舞，却对打棒子很着迷。作为县文化馆的业务副馆长，我十分清楚棒子舞的文化分量。

放下电话，我匆匆踏上了赶赴老家的汽车。

宋海云无疑是石门公认的棒子舞传人。这位高龄九十有五的老人，一生从未住过医院，至今仍是满口白牙。他健壮的体格，得益于棒子舞吗？

打棒子须手持两根一米来长的木棒，随着鼓点乐曲，上下左右且舞且打，动作整齐而有力，舞姿柔韧而刚劲。要是上百人乃至上千人打起棒子来，那该是怎样的壮观、怎样的震撼呢？

"你打过百人的棒子吗？"我曾这样问过宋海云。那是多年前春天的一个晌午，宋海云倚靠在街门墙上晒太阳。他睁开微闭的双眼，慈祥地看着我。也许他没听清楚我说什么，于是，我又大声问了一遍。

蓦地，老人眼睛一亮："你说棒子舞？你见过打棒子？"他像是马上要从地上站立起来，只是有些力不从心了。老人那张暗灰色的脸，木雕般不带有任何表情，唯眼睛依然炯炯有神。

老人炯炯有神的眼睛在盯着我。片刻之后，他的嘴唇开始嚅动起来，一种略为沙哑的声音，清晰地敲击着我的耳膜："知道吗？能做'老鹞翻身'的，除了张学鄞，再个就是我！"他微微地闭上了眼睛，沉浸在陈年往事之中。

"老鹞翻身"是棒子舞里的一个极其高难的动作吧？早已作古的张学鄞是宋海云的师父吗？他不再言语，傍靠在墙上，如睡去一般。此刻，老人一定是回到了他的当年，回到了那震天动地的棒子舞里。

而今天，弥留中的棒子王，究竟要跟我说些什么呢？

前年，市文化局把辽南棒子舞列入非物质性文化遗产重点申报项目。一干人在我的带领下来到石门，去拜访当年的棒子王。我们此行的另一个目的，是寻找棒子舞的曲谱。据说，这曲谱只有宋海云知晓其下落。

那天，宋海云的养子宋处长也破例从省城赶回了石门。他神秘兮兮地问我："一旦曲谱真的在我养父这里，是不是值好多钱呀？"我对这位处长大人没什么好感，老婶更是没有好气地回道："再值钱能比棒子王值钱？"老婶也八十多岁了，年少时她是棒子舞的狂热追随者。可惜，那时棒子舞传男不传女。不然，老婶也一定是个技压群雄的棒子王吧？

面对衣冠楚楚的市县文化系统的干部们，宋海云一言不发。他一身黑衣，端坐在炕头上，双眼微闭，像正在做超度的道长。我们把海城棒子舞的录像放给他看，老人看了两眼，就收回了目光。"这也叫棒子舞？"他终于开口了。

"怎么就不是棒子舞了？明明是上千人在打棒子啊！"我们不解。

"没有魂灵,杂念太多。连舞者自己都没感动自己,又如何能打动别人?更别说撼天动地了。"宋海云索性闭上了眼睛,"花哨不是棒子舞,热闹也不是棒子舞。唯用你的命你的魂,全身心地投入,才有可能打好棒子。你们忙别的去吧,我累了。"

那天,我们一无所获。也许我们太过急躁、太过功利了,在宋海云老人的眼里,我们这群城里人,哪个像棒子舞的传人?

石门到了,我走下汽车。不知道为什么,我的心狂跳不已。老婶早已等候在门口,殷切地迎了上来:"快进去吧,四爷等着你呢!"

宋海云躺在炕上,木雕般一动不动。我伏下身子,说:"我回来了。"他依旧木着,眼睛突然一亮,似乎是要告诉我什么。可是,灵光闪过之后,他还是缓缓地闭上了眼睛。

"四爷,走好!"老婶一边抹泪,一边把棒子王的遗物递给了我,"他原本是要带到坟墓里去的,可最终还是决定留给你。"是本发黄了的册子,里面记载着棒子舞的曲谱和图谱,弥足珍贵! 封页有两处题字,一处是宋海云的:心入则魂立,魂立则棒子舞活。另一处则是高难动作"老鹞翻身"创始人张学郓的遗墨,一首七言绝笔。

呜呼棒舞已灭亡,

求子含泪抛行当。

唯我忍悲抄旧乐,

遗留后代作史章。

我的手在颤抖,泪水也禁不住淌了出来。"师父!"扑通一声,我长跪下去。

你欠我一个结尾

包利民

"我和你说啊,这个故事你绝对没听过,而且肯定猜不到结尾!"

他和她走在乡间的小路上,他故作神秘地吊着她的胃口。他喜欢讲故事,她喜欢听故事,所以在下乡扶贫的这段日子,故事就是流淌在他们之间的一条河,是河上一座美丽的小桥。虽然他们各自都知道,他们之间并不会有故事,或者说,是不会有结局的故事。

他的故事多是很奇妙的,讲到最后,都要让她猜一下结尾。当她猜了许多次都没有猜对,有些恼羞成怒的时候,他才慢悠悠地道出来,惹得她惊讶、兴奋、回味,然后,逼着他再讲别的好故事。而他也是乐此不疲,于是平淡的日子就在故事的洇染下慢慢地流逝。

在她急得要发怒时,他才开始讲:"一对恋人来到很远的一座野山上,只为了领略那种最原始的风景。当他们在山林里徜徉时,忽然听到前方的林中有很大的声音,伴随着树木被撞击被碰断的声响。"

她插话:"肯定来了什么凶猛的野兽! 是老虎还是熊? 或者野猪?"

他却不说是什么动物,只是一个劲儿地营造紧张气氛:"那对年轻的恋人充满了恐惧,紧张地注视着前方。终于,一个庞然大物蹿出来,站在离他们不远处。他们瞬间头脑一片空白,男人先反应过来,他由于极度害怕,大叫了一声,撒腿就跑,却在紧张之下慌不择路,斜着迎向那个大家伙,然后在离那东西几米远的地方飞快地跑过去,竟看都不看女人一眼。而女人,此刻还在呆滞的状态中没回过神。"

她再次愤怒地插话:"这个男人真是该死!窝囊废!胆小鬼!丢下女人自己跑了!要是我是那个女人,肯定恨死他了!对了,那个女人怎么样了?有没有事?"

他继续讲:"当男人回到原来的地方时,发现那大家伙和女人都不见了。他仔细寻找,终于在身后的陡坡下发现了女人,女人倒是没有被动物伤到,只是摔断了胳膊和肋骨。可能是动物扑过来时,女人慌忙后退,失足掉了下去,却也因此躲过了动物的追杀,算是不幸中的万幸!当女人在医院中清醒过来后,看到男人在身边,眼泪立刻掉下来了。"

讲到这里,他便住了嘴。她怔怔地问:"不会这就结尾了吧?不像你的风格啊。刚才还说有我猜不到的结尾呢!你总是这样,总是把结尾放在明天讲,真是讨厌死了!"

他笑着说:"这样你才能印象深刻啊!而且给你一晚上的时间去猜,万一猜出来呢?"

她笑骂:"死样子!谁在意你的破故事!"

回到住的那个农房,他们各自一间小屋,主人睡在里间的一铺大炕上。睡着之前,她还在想着之前的那个故事,想着将会是怎样的一个结尾。就这样不知不觉睡着了,睡梦里自己仿佛变成了那个女人,独自面对着生命的威胁。

忽然就觉得很热,便醒了,看到周围红彤彤一片,浓烟滚滚。失火了!于是梦里的惊慌变成了现实,正在手足无措之际,她看到他冲了进来,拉起她就往外跑。她周身被炙烤得疼痛,冲到门前时,忽然觉得她被猛地拉到前面,背后传来巨大的推力,她便到了门外,下意识地继续往前跑。而身后却传来什么东西坍塌的声音。

　　她安然无恙。他出了院后，就从她的生命里消失了。她四处找寻他，在他可能去的每一个城市。回想他们在一起的日子，就像一个没有结尾的故事，或者说，已经就这样结尾了。两年之后，她终于在一个遥远的地方找到了他。她几乎认不出他了，当初这个颇为英俊的小伙子，由于一场火灾的摧残，已经面目全非，不，是面目狰狞！

　　可是她并不怕，在她的心里，他依然是过去的样子。她大声质问："你很不负责任地跑了！你还欠我一个结尾！你想让我猜多久？"

　　他很平静地笑，说："我是骗你的，其实结尾很简单，女人在医院里醒过来，看到男人，就气哭了，然后，他们就分手了！"

　　她盯着他的眼睛看，直到把他看得有些发毛，才说："你骗谁呢？这么长时间，是傻子也能想明白结尾是怎么回事了！那个男人当初肯定不是自己逃跑，他那么做，是为了吸引那个动物去追他。那样，女人就安全了。要不他为啥大喊一声，还迎向动物跑？只是很可惜，那个动物没理他！"

　　他很惊讶地看着她，说："两年没见，你变聪明了嘛！"

　　她笑骂："你的意思是我当初很笨呗！敢嘲笑我，罚你每天给我讲一个故事，要是让我猜到结尾，就要你好看！"

　　他们都笑，渐渐地笑出了眼泪。有些故事，虽然看似结尾了，却并不一定是真正的结局。

舞蹈一种

石建希

大先生说,诗歌源自劳动号子。把口里哼着的"嗨呀"变成吟诵的"快哉",口语就变成诗句,有了传世的高雅。

舞蹈呢,有人说,是对劳动的模仿,是源自巫术的乞求,是游戏的表情,难得有定论;有人说从画上延续千百年的彩妆,可以看出舞蹈有着高冷的外衣;有人从最初以舞为生的舞者艺伎,推断这门高雅艺术出身并不高冷,而是典型的底层叙事。

这个理,遇上枣强后,我相信了。

枣强的家住在西河镇海拔最高的建设村。那里确实需要建设,山很高,路很弯,这两年"村村通",有了毛坯路,遇上雷雨天,越野车还是上不去。

这里和其他边远的村子没有两样。枣强也和山上的村民没有两样,举止相似,肤色基本一致。就像灶门上挂的老腊肉,每个人脸上凹下去的地方是黑色,凸起来的地方则黄中带黑。肤色白皙丰腴的人呢? 比如枣强的女儿桂枝,早都去平原大坝进厂做工了,再不指望靠山里的田土过日子。

好在枣强也是五十挂零的人,习惯了这山里的风,习惯了头上的雨、脚下的泥。脸色黑或白,枣强从来也没有想过。如果真要追溯枣强脸色红润的时光,应该是念初中那阵子了。

　　枣强用回到上辈子的劲儿去想,记忆中初中的课桌、书本、老师,都被时间的风磨得粉碎,卷得不知去向,些许的印记是让自己辍学的那部电影《霹雳舞》。

　　那阵子,镇上电影院连放了七天《霹雳舞》。叮叮咚咚的鼓点敲得人心急气喘,河里水紧鱼跃。

　　省了一周菜钱,两次翻墙而出……第三次从电影院出来,枣强一拍大腿,不读书了。

　　不是那些稀奇古怪的动作勾住了枣强的眼神,他迷上的是主角马达帅到指尖发梢的放松感。

　　枣强说不读书,家里人还以为枣强要出去打副业,说:"好,反正认几个字也上不了天。"

　　听说辍学是想去学跳舞,大家看看枣强,确认他没有鬼上身的迹象,就各自忙去了。

　　第二天,枣强就辍学了。他用书包装着两件白衬衣,没有人留意他啥时候出的门。太阳落山的时候,枣强踩着最后一抹晚霞又回来了。

　　灶里的火刚点燃,白色浓烟四蹿,遮住了他的眉目。

　　"肠子里的红薯倒腾干净了? 跳舞? 还跳六呢!"

　　那天夜里,枣强窝在被子里流泪,一直哭到入梦。他看见自己站在路边等车,天上下着雨,脸上挂满雨水,憋得透不过气来。车子没有来,就像白天镇上的班车没有来。

　　天亮后,枣强来到棺山坡,坡前树木葱郁,围住一大块草坝。他在坝子里坐到腰痛,站起来,又想起节奏感强烈的霹雳舞曲,身体不由自主地扭动起来。他用尽力量配合心里的旋律起舞,直到瘫倒在草丛里。那一刻,他眼睛发涩,却再没有泪水流出来。

　　流泪这件事再没有出现在枣强的生活里。

　　枣强的生活就剩下一件事情——侍弄家里的土地。这可是做不到头的一件事,人这辈子能做几件事?

后来,大哥去建筑工地做浇筑模具,老二手巧,进了厂,小妹在打工的江苏成了家。只有枣强没有外出。出去,或者不出去,都是求生活。

上个星期天,枣强收到桂枝从江苏寄来的一部长虹手机。手机声音蛮大,在屋里响起来,隔八丈远也听得清楚。

枣强喜欢摁下免提。手机里女人和外孙的声音响亮,家里就多了一分鲜活的生机。

中午,女人打来电话,问枣强吃饭了没有。枣强说:"没有吃你来给我做? 有这空闲还不如拎桶水去浇地。"

话是这样说,不过挂手机的手就有些缺准头儿,连着摁了几下,手机又响了起来——是手机内存的音乐。

鼓点激烈,节奏明快。霹雳舞曲的声音很大,循着耳道扑来,一把将枣强的心撕开一道缝儿,马上又从那里钻进血管,一股一股随着血脉往头上涌,将脑仁涨得风吹不进、水泼不入。

枣强站起来,从脚心到发梢,每个细胞都开始跳跃,脚趾到手指的每个关节都随着乐曲颤动。

凌空拔河、空手擦镜、太空漫步,一个个稀奇古怪的动作,不由自主地从枣强的身上展示出来。双手高举的刹那,枣强缓步后退,他好像看见自己在空坝上扬场的瞬间。

一转身,枣强看见镜子里的自己,黄褐色的脸上泛着亮光,动作坚决有力,每一块肌肉都在尖叫。他再次高举双手,好像攥着自己的头发,把自己拎在了空中,自由漫步。

在音乐中,他牢牢地控制着自己,从每次呼吸,到每根毛发、每块肌肉。这一刻,枣强觉得自己就是那个《霹雳舞》里的舞者马达,眼前豁然明亮起来。

龙年记忆

石建希

1976 年 9 月 23 日,丙辰年秋分。

昨晚从窗缝里跑进来的风叫了一夜。李小单望着教室外面,天色阴沉,学校操场上那棵黄葛树身上看不见一片叶子,只剩下长短不一的枝条。树丫间有个鸟巢,很单薄。听不见鸟鸣,也没有看见鸟的影子。

要是在老家,李小单肯定已经爬上去看看有没有鸟蛋了。老兵说,李小单爬树的劲头儿有点儿侦察兵的味道。

李小单后脑勺被啄了一下。右方不远处,有半截粉笔头子在地上打旋儿。

新学期开学,8 岁的李小单随着老兵从乡下转来西城子弟学校读书。他知道,是老师手里百发百中的粉笔头子招呼自己了。

粉笔打了也就算了(公社学校的老师还用竹教鞭抽掌心呢),被呵斥出去在教室走廊罚站也就算了,可是老师说,李小单的学习习惯不好。老师平时说别人,李小单倒觉得没有什么,可是这次被批的是自己,这不就代表老师看不起他么?

泪水涌出来,他用手一抹,东一块黑、西一块污。教室里哄堂大笑。

老兵来到学校,当着老师的面甩了李小单几巴掌。李小单觉得这个亏吃大了。

晚饭后，李小单又来学校了。

教师宿舍都是通廊，所有的厨房都在宿舍外面的走廊对面。厨房门旁边是一扇玻璃窗。

天色黑尽，李小单偷偷打开了窗户，窗台下面放着盐罐，他伸手进去揭开盖子，把从水龙头里接来的一勺子水放了进去。

第二天，老师和往常一样，教室里和往常一样，好像昨夜的事没有发生。

1988 年 7 月 7 日，戊辰年小暑。

第一天考试下来，李小单就崩溃了。他感觉数学考得一塌糊涂，连晚饭也不吃了。

老师赶紧让家长来学校。这年老兵刚转业，从厂子里赶过来，对着李小单就是一巴掌："考不上就滚回老家去修地球。"

老兵一骂，李小单反而不哭了。

这是老兵最后一次动手教训李小单。

其实那年，李小单已经有好几次不想吃饭了。他有段时间就喜欢看同桌的女同学。每天一起床就往学校跑，等着同桌到来。连着三个星期后，他发现女同学根本就没有把自己看在眼里。李小单苦恼了几天，不想吃饭。老兵多半是看出点儿啥子来了——毕竟侦察出身，可他就是不说话，也不劝，见李小单第一顿不吃饭，第二顿就碗也不给拿了。

饿了两顿，李小单心里的人影就没有了。等他填饱了肚子，才发现读书这个习惯还在。

那年通知书下来，李小单上了专科。老师高兴，老兵欢喜。班上开毕业会，大家都互相送了纪念卡，送了些啥，收了些啥，李小单都忘了。

2000 年 4 月 20 日，庚辰年谷雨。

李小单看见办公桌上有一封邀请函。是母校校庆的请柬，特邀李小单同学作为优秀校友参加学校 80 年庆典。

李小单没有参加校庆。放到场面上说，组织部门对他的考察正在关键时期，还有，局里的软件系统测试工作很重。私下里，生活中有些花花草草的事情纠缠。

李小单把校庆的请柬带回家，放到了写字台里面。

到年底，千禧年的虫子没有爆发。一切都很顺利，任职文件也在年底前正式下发了。

那花花草草的事，让李小单的心动荡了好长一阵子，终于啥也没有发生。都说，李小单是个有良心的人。李小单摇头，其实，哪个优秀的人会没有人看得起呢？要自己看得起自己。

2012 年 12 月 21 日，壬辰年冬至。

30 年同学会的一个环节是参观母校。

原来的教师宿舍，变成了一个偌大的花坛，找不到原来的一点儿印记。

有人走近自己身边，李小单觉得这个女人有些面熟。

"你第一次来这里是 1976 年？"

小小说美文馆

"是。"

"那年可不简单。唐山大地震,伟人逝世,我记得追悼会上你的领袖像章被抢了,对不对?还有,那年你刚来,没有户口,是借读生。"

"是吗?"李小单很惊讶。

"后来校庆也没有看见你。"

"是。时间不凑巧。"

集合的哨声响了,李小单和女同学赶紧往集中地走。女同学突然问了李小单一句:"你不记得我了?"

李小单一直拿不准这个面熟同学的姓名,猛被这么一问,他突然想起这个同学好像是自己的同桌,姓罗?

"你是罗同学啊?"

李小单开心地笑了起来。

梨花静静开

村 姑

几枝梨花白玉条一般,斜过颓圮的土墙,安静地开着。院子里,几间瓦房,一地芳草,寂无人声。这座老院,是满仓奶奶曾经住过的地方。

满仓奶奶在我们这条街是很特别的。纳鞋底的妇女们坐在一起,叽叽喳喳地笑得前仰后合,她也笑,却不会笑出声来。她低声说话,连吃饭也是无声的。她从不跟人吵架,也不大声吼孩子,更不会像其他的媳妇那样拎着笤帚满街追着打。但即使她不说话,你也能从穿戴和眉宇间感觉出她的与众不同。但不同在哪里,似乎一下子又说不出来。

冬夜,瓦房里,一盏煤油灯,一个簸箩里堆着玉米棒,孩子们围着簸箩,一边剥玉米,一边听满仓奶奶讲故事。她讲的故事和别的奶奶讲的不一样。她讲父子俩牵驴去集上,一路上因为有人议论他们的做法,最后只好抬着驴走。孩子们都笑岔了气。她讲一个善良的美人鱼最后变成了海边的泡沫,孩子们都泪水涟涟。她说有个家里点不起灯的穷孩子爱读书,就把墙凿了一个洞,夜里借邻居家的光读书。听着故事,剥着玉米,人影幢幢,映在墙上。我也觉得墙上似乎凿了个洞,有光透进来,寂寥的长夜变得奇妙极了。

有一次梨花开的时候,她在花下洗头。她弯着腰,用皂角把头发揉出白沫和清香。她蘸着用柏木刨花泡出的水,一下一下梳头,然后绾了一个髻。

她的黑发之中夹着银丝，闪着太阳的亮光，她的脖颈跟梨花一样白。我看看花，又看看她。

"梨花开得真好啊！小姑娘，你会背梨花诗吗？"我摇摇头。"桃花人面各相红，不及天然玉作容。总向风尘尘莫染，轻轻笼月倚墙东。"她轻轻地吟着，然后自己又笑着摇摇头。

满仓奶奶是个谜。村人坐在一起闲聊，说满仓奶奶是城里人，先是嫁给了一个军官，又被土匪抢了，后来带着三个孩子在大街上要饭。满仓拉了一车红薯去城里卖，看孩子可怜，就给了几块，满仓奶就跟着他回来了。"命好生在城市码头，命赖生在深山背后，可她生在城市码头，怎么也和我们一样命苦啊！"女人们最后总会一阵叹息。

满仓力气大，长得敦实，有点儿丑，才一直没找到媳妇。满仓从地里回来，常能听见他大声吆喝："我这袄才穿了几天？洗什么洗，穿不坏也洗坏了。"

刨红薯时，满仓埋怨满仓奶："大半天，你才刨了几窝？"我家的地和满仓家的挨着，我妈妈说他："满仓叔，你一个大男人，和女人比力气哩？你做饭

090

了？你做衣裳了？"满仓不吭声了。满仓奶奶苦笑着，擦一把脸上的汗。

满仓总是坐在门前的石板上，等满仓奶端出一碗白面条或包着白面的红薯面条递给他，然后把孩子们叫到跟前，一人碗里挑一筷子，低头吃得呼噜山响。

满仓奶奶常坐在梨树下缝衣做鞋，风吹过，会有几片花瓣飘到她身上。她做着做着，会抬头看着梨花，眼神茫然而忧伤。

后来，落实政策，满仓奶奶带着三个孩子回城了。大家都说，满仓奶奶终于熬出头了。那些天，满仓就有些无精打采。半月后，满仓奶奶又回来了，依旧给满仓做饭洗衣，陪着他到地里去割麦子、收红薯。

满仓从此像变了一个人，和满仓奶奶说话竟然也会轻声细语，让穿厚的就穿厚的，让穿薄的就穿薄的。在地里干活儿，他会说："你歇歇，地里没多少活儿，我一个人能干完。"

我曾给满仓奶奶捎过一封信，信皮上娟秀的小字像印出来的。我也一直很想问问满仓奶奶以前的遭遇，可总是没法张口。

满仓死了。丧事一办完，满仓奶奶就被孩子们接走了。人们都说，这一次，满仓奶奶是再不会回来了。几年后，满仓奶奶还是随一个小盒子回来了，她留下遗言，跟满仓合葬。

满仓奶奶走了，也带走了她谜一样的身世，甚至连名字都没人知道。小院里，只有一树梨花，静静开着。

盼

村 姑

夕阳咚的一声掉下西山，满天就蒙上了灰幔。冬天的白天，太短了。

阿义从地头捡起媳妇珍从城里带回来的旧棉衣，穿上，也不系扣，扛着头，提着锨，回家。推开家门，阿义清了清嗓子，喊："妈，我回来了！"

老太太耳背，坐在火盆前，问："谁回来了？珍要回来了？哦，阿义，火还热着，快来烤烤，真冷的天。"

阿义说："不冷。"放下工具，洗手脸，擀甜面叶，炒倭瓜。老太太八十七了，牙不行，不吃挂面，甜面叶还得煮得烂熟。吃了饭，阿义把电热毯开开，打发老太太躺下，电话响了。是媳妇打来的。媳妇问："吃饭了吗？妈睡了吗？你又去地里干活儿了？该歇了歇歇，照顾好咱妈就行了。"

阿义好不容易逮个空隙，问："你啥时回来？"

媳妇在城里一家烧鸡店打工，一直不肯回来。媳妇说："我回来，家里花钱怎么办？儿子女儿谁供着上学？你种地那仨核桃俩枣，能顾得住吗？再说老板刚给涨了工资，怎么好意思说回？"

阿义不吭声了。媳妇也不容易，城里人看着都客气，说话跟眼神都是冰冷的。他跟着建筑队在城里干过活儿，上公交，城里人看见他就往一边躲，好像他身上的土气能沾到他们身上似的。还是土里种庄稼好、坡地上种树

好啊！庄稼的香、草的香、树的香，太阳一晒，从鼻子里钻到心里去，在他的身体里横冲直撞。那香气，像媳妇身上的香。鼻子痒，心里也痒，沉默的大地便发出一个渴望的声音，让他想狠狠地抱住什么，在向阳的干草坡上打滚儿。可是，媳妇不在身边，有两个月零三天没有回来了。阿义只好吐口唾沫，搓搓手，握住头，高高举起，狠狠地刨下去，掀起一大疙瘩土。出了汗，浑身都是松散的，阿义扔掉棉衣，仰头看看蓝天太阳，心也舒展起来。这么好的地，怎么种的人就越来越少了呢？都跑到城里去，城里有什么好的？

　　放下电话，阿义开始收拾自己的床铺。床单、被罩两个月没洗了，弥漫着媳妇的味道。味道在，好像她就在。昨天，邻居老袁头儿在地头放羊，跟他闲聊说,上次在镇上,看见媳妇从一个男人的黑屁壳郎车上下来。阿义感到什么东西在心里扎了一下,很痛。阿义想起来,上次回来,媳妇的头发也染黄了,还说他不勤洗澡了,不刷牙了,嘴里有味。以前,媳妇没嫌过他呀!

被子冷冰冰的。不知年龄大了还是怎么的,竟觉得被窝暖不热了。是不是也买个电热毯呢?电话又响了,媳妇打来的,嗓门儿很大,透着喜气:"你不是想让我回去吗?明天晚上我回家,老板准我歇两天!"

阿义的心像抖空竹一样,嗖地一下升上了天,又悠悠地沉下来。阿义终是忍不住,问:"咋回来?上次谁送的?"媳妇在电话那边笑起来,说:"滴滴打车呀,你是不是担心我跑了?我要是跑了,去哪儿找一个对我妈那么好的人?"

阿义透出一口气,心里像温暖的小手抚了一下。这句话,是他听过的最甜的情话了,够他暖一辈子了。

阿义把老太太的电热毯调到低挡,大声说:"妈,你闺女明天就回来看你了!"

阿义想,明天不干活儿了,给妈洗个澡,把家里床单被罩都洗洗,也把自己里里外外弄干净,好好刷刷牙。

月光照进来,床头传来老太太均匀的鼾声。阿义也在旁边的床上放心地睡着了,他梦见春天来了,他扛着锨和树苗走在前头,媳妇提着茶水跟在后头。媳妇还是黑黑的头发,穿着姑娘时的碎花袄,出汗了,袖头在额头上一擦,又随便地吐了一口口水。田里的麦苗和路边的花,都在阳光下闪闪发亮。

吊 荫

丁大成

　　松树檩条的重量有些超出我十六岁的身体承受力,加上山路难行,好不容易走到百战坪,已是晌午,山村或茅或瓦的屋顶上冒着缕缕炊烟。我清早在亲戚家吃的两大碗米饭已化作汗水,步履更加艰难。我决定休息一下,将松树横在村边一条欢唱的小溪两岸。小溪两岸一片柳荫,黄莺在柳荫里翻飞歌唱,颇有些书中西湖八景"柳浪闻莺"的味道。的确是个吊荫的好地方!

　　俺黄檗山人把临时休息叫吊荫,不叫歇荫,自有一分醇香。

　　比如山里人做酒,不叫酿酒,叫吊酒。将稻、米、麦、荞、高粱、薯片等淘洗干净,用清水浸泡一夜,然后放到蒸锅里蒸煮一定时间,出锅冷却到一定温度,再装缸兑入酒曲发酵。待有酒香溢出,倒进酒甑蒸馏,接酒入坛。最后一种取酒的装置,是悬空吊着的,所以叫吊酒,很形象。酒叫小吊,也有慢慢品尝的意思。对着酒壶抿一口,谷物的清香夹杂着酒香,顺着喉咙溜进胃,涌向全身,身体就有力量。忙碌劳累中偷闲一刻,如品家酿小吊,你说这吊荫有没有味道。

　　很可惜我身边没有小吊酒,只有对着清澈甘甜的溪水洗把脸,咕咚痛饮。前路漫漫,还有三分之二的征程。

　　百战坪是杨门女将杨腊红征战义军黄花天子,打第一仗的地方。杨

元帅设军帐于柳林，苦思破敌之法。一只响箭飞来，杨腊红得高人授予的秘诀，大破黄花天子的阵法，攻入黄檗山黄花天子的老巢……

我拍拍空肚皮："有高人助我吗？"

小路上来了位老人，六十岁开外，衣着打扮气质像个公家人。他提着一瓶酒，酒色有点儿浑，是米吊子酒。"浊酒一杯喜相逢"，大概就是这个意思。我盯着他的酒瓶笑。"投我以木桃，报之以琼瑶"，他收住脚步友好地问："后生，是要盖大厦的吗？"我赶忙答："几间老屋，白天常见夜的黑，连书都看不清。打算盖五间茅庐栖身。""嗯，年少志高！"他盯我看了几秒说，"是上畈丁府良公的后人吧？"我说："正是正是！"他说："走，到寒舍吊荫去。"

我弄不清他是真心还是客套，难得糊涂，我也不想弄清。我也不敢假意推辞，怕好不容易上钩的鱼被客套弄丢了。这叫豆腐掉在青灰里，拍也拍不掉，打也打不掉。我紧跟在他屁股后面，闻一路酒香！

百战坪能容得下数万兵马会战，一街几巷，是黄檗山下最大的山村。跟着他走进一条小巷，推开一扇柴门，进到一方院落，院后是三间青砖瓦房，坐北朝南。院西一间偏屋是厨房。院里栽有桂花柿树、石榴海棠……错落有致，此时栀子正香。他拉开纱门请我在堂屋就座，让茶。屋里粉白，墙上挂满字画，条案上放着古书。总之，不是一般的农家。

他出屋直奔鸡窝，抓起一只正下蛋的老母鸡，走进厨房。那母鸡预感末日来临，拼命地挣扎呼叫，颇为失态。这就有些过了。匆匆过客，赏一碗糙米干饭，也属忠厚人家。杀鸡宰鸭，是招待至亲，如何受用得起？再说母鸡是居家油盐罐小银行啊！眼看刀架鸡脖，我强咽口水，奔过去极力阻止。"那我用什么招待贵客？""一饭一蔬足矣！"老人见我态度坚决，遂放下母鸡。

劫后余生,那只母鸡惊魂未定,逃之夭夭。老人站在门口对着层层秧田喊:"赶紧回来,有贵客来吊荫!"随着"哎"的一声,不一会儿,一妇人荷锄归来。干净利落,举手投足间极富涵养,堪称夫人。夫人用一口软糯糯的南方普通话同我寒暄几句,即去厨房。老人堂屋厨房两头招呼。

我安静地等待。

不一会儿,堂屋的饭桌上摆上四大盘菜,虽无肉食,但有炒鸡蛋,炸"蛤蟆头",丰盛! 主客坐定,老人打开米吊子酒,你一杯我一杯,非小吊慢品,还大口吃菜。一瓶酒两个人分,再来两碗干饭! 我打着饱嗝儿,头有些晕晕的。"不要紧,小吊酒不伤身。豪爽,有良公遗风!"老人赞叹不已,掏出两百块钱递给我说:"贵府盖大厦,聊尽礼仪。"我吓了一跳,两百块钱是公家人半年的工资,能盖五间瓦房,这老头儿喝醉了! 我使劲儿推辞——君子爱财,取之有道。

"少安毋躁,"老人说,"你晓得'柿树不卖,是树不卖'一字之差的故事吗? 家父是受害者。是令祖良公帮家父打赢了官司。良公说要识文断字,又资助我念书。后来我投笔从戎打小鬼子,又打过长江去解放全中国。马放南山,在杭州转业教书,娶妻生子。离休了,叶落归根,刚刚回来,正说去贵府拜望,以解相思……"

我激动兴奋。家祖良公于家父六岁时作逍遥游。他行侠仗义的传奇故事,如小吊酒,需慢慢品尝。缘于他老人家,亲戚甘愿赠送所有盖房的木料,现又收到世伯一大笔礼金,雪中送炭啊!

不知这片"柳浪闻莺"、杨腊红设军帐得秘方、特别适合吊荫的柳林,为何人所栽。我扛起超出我十六岁身体承受力的松树檩条赶路,感觉轻飘飘的。

挑　炭

丁大成

　　寒冬季节,万木凋零。假期,我正为如何挣下学期的学费发愁,退休在家的周表爷让我经风雨见世面,去云架山买炭。

　　潘表婶晓得我要去云架山,叫她家小不点儿来喊我去她家,说是给她外头人江表叔带信。潘表婶坐在火塘边神色黯然,好半天才面带几分羞涩地说:"你跟他说,我想他!"说罢低头掉眼泪。江表叔是窑棚的棚头儿。他在生产队当不了队长,也不愿意受队长的管,不愿意磨洋工,干脆长年在外搞副业,每天向生产队交一块钱,生产队给他记10分。靠山吃山,他烧窑挑炭,给林场砍间伐……四处找活儿做,常常顾不得落屋。我那时不懂男女感情,但我懂得人不伤心不落泪。潘表婶独自领着儿女留守家中,我理解她的心情。我说:"表婶,您放心,我会说清楚!"潘表婶说:"你偷偷地跟他说。"我说:"晓得。"她本来让我给她外头人带双洗脚鞋,最后说:"还是让他自个儿回来拿。"

　　去云架山要爬一整天的大山,眼下又是野兽不好打食的寒冬,我娘我大担心。我请父母放一百二十个心……第二天大清早,我穿上草鞋,扛上扁担上路。走到对面山上回望时,我娘还站在门口望我。一阵南飞雁从头顶飞过,想起潘表婶思念亲人的泪水,我顿感别离之意,心中凄然。

過沈湾徐冲小岭,爬万丈崖。看万丈崖瀑布"飞流直下三千尺,疑是银河落九天",那份豪情,让心情好了许多。

这段路不见人家,更加陡峭难走。山高雾大,松鼠和山麻雀在路边跳来跳去,乌鸦飞起飞落……我感觉身后有东西跟着,忍不住回头一望,身后跟着一只大灰狼,龇牙咧嘴的。凭着山里人的生存智慧,我扛着六尺扁担,六分之五在身后,扁担头坠着绳子、饭团、备用草鞋,晃晃悠悠的,野兽不敢近身。我镇静地扭头继续赶路,小心提防着身后。"蛇不乱咬,虎不乱伤。上溯五代,忠厚传家。"这是我娘给我灌输的因果报应思想。还有小英雄雨来、王二小、张嘎……我转身咚地把扁担往石头上一戳:"你个孽畜,想干啥?!"大灰狼被我的气势吓跑了! 我一身冷汗,总想尿尿,却又尿不出来。都说吓得尿裤裆,不是!

爬到黄檗山,路过息影塔,息影塔是法眼寺开山鼻祖无念高僧的墓塔。

中午就着山泉水吃了饭团,一鼓作气,我找到了云架山江表叔的窑棚,太阳还没落山。

一条长窑密封,点火不久,烟道里冒出袅袅青烟。在观音合掌样的茅棚里,散乱着窑刀、斧头、鞋子、衣服……一溜儿茅草通铺散发着汗臭。

窑匠们还在山上叮叮当当地砍伐树木,山歌悠长,此起彼伏。砍好的窑柴,不时从笔陡的"秀道"上哗地飞流直下,然后用形似弹弓的"马"背到窑场,叫"捡秀"。

十几个窑匠非亲即邻,他乡遇故知,见面的场面莫提多亲热。他们每天要向生产队交一块钱,落个三毛五毛。因怜惜来回两天工夫,他们很少回家,少不了对家的思念。潘表婶让我带信后,我有心向父母打听每家的情况,"凭君传语报平安",他们高兴地夸我懂事。掌底子的技工二伯提议:"吃犒席!"大家响应,棚头儿安排保管去附近的代销店买酒肉。窑棚生活艰苦,定期改善生活,不过今天专门为我。

我说明天清早返回。"除了栎树没好火",江表叔亲自用炭篓子装通条

吉他琴的呜咽

栎树好炭。一会儿保管回来，说"好不容易买到肥镶"。窑棚把肉叫"镶"，把筷子叫"拿手"，把刀叫"铁"，把斧头叫"四六"……还忌讳死、血等凶险字眼。

因临时加餐，大家一起动手。"米吊酒莵子火，除了神仙就是我！"也有人感慨："男人无用烧黑炭！"我趁着酒劲儿背诵："一股青烟冲九霄，顿顿都有镶汤淘。读得四书何处用，放下书本学烧窑！"大家哄笑。有人笑道："你想学烧窑还得长个五到七年……"

我示意江表叔到棚外，酒喝多了人激动，欲语泪先流。江表叔一惊，以为家里出了啥事。我说："表婶儿哭着说，她想您！"风大，江表叔揉双眼，过了好半天，他才平静地说："我也天天想她！"

我跟江表叔睡一个被窝，高处不胜寒，窑棚又四处通风，江表叔把我的双脚夹到腋窝。大冬天，我大（"大"即爸爸）也是这样给我暖脚。

随着"咚咚咚"三下敲瓢声，天将麻亮，我跟着窑匠们起床洗脸吃饭。都默不作声，太阳菩萨出来后才能说话。窑棚有很多禁忌和规矩……

江表叔挑炭送了我一程，大家依依不舍地目送。

江表叔掏出一瓶雪花膏让我带给潘表婶："跟表婶说，我会尽早抽空回去一趟……"又说："跟周表爷说，炭多称了5斤，他会把钱给你凑学费。"

积善楼

练建安

枫岭寨经七里滩,过黄泥冈,一铺半路,就到了老墟场。

汀江中游闽粤交界处,老墟场按八卦方位设计,白墙黑瓦,参差错落。

镇文化站的邱老说,那年头,客商多啊,每日要杀猪百头,外地人开的旅馆,就有六七十家。红灯笼一闪一闪的,从山脚挂到了河边。嘿,嘿嘿。

冬日上午,阳光懒散。我和邱老、文清走在冰凉、光滑的石板路上。两边骑楼,泥灰多有剥落,露出青砖。木雕门窗,间或残缺不全。北风起,啪啦啦响。

若干土杂店铺还开张着。平常,有些游客,稀稀落落的。店主们闲散,若无其事,却在不经意间投来一瞥,迅速判断有无生意可做。

路过武侯小庙,忽听喇叭高亢,弦乐声大作,颇热闹。邱老说,十番哦,看看?我摇头。我们走开了。几步后,十番不响了,喇叭拖了个长音,也消停了。

我们来到汀江边。

江水清澈、平静,倒影青山。阳光下,游鱼历历可数,悠忽往来。江湾,有一条采沙船,马达声时隐时现。

樯帆如林的景象,已成往昔。

对岸,竹林掩映,有座大围屋。屋顶,盘篮纵横,晒满鲜红柿子。

大门楹联,远看不清。门楣,见隶书"积善楼"。

过河吧?

有眼光啊,哈。这个积善楼,有故事。

哪一座楼没有故事呢?

这个故事非同一般。

邱老说,三百多年前,具体哪一年,记不清了。这里原有一座小茅草屋,开山种树的人搬走后,来了一对潮州夫妇,女的叫阿秀,养鸡鸭;男的叫阿发,卖麦芽糖。日子过得贫寒。除夕夜,老墟场酒肉飘香,爆竹连天响,这对夫妇却思忖着溜到山上躲债。忽听拍门声。惊恐开门,暗夜里,门外站着一位陌生汉子,也不说话,一挥手,十几个人挑来沉甸甸的箩担,放下就走,屋内差不多都堆满了。夫妇俩疑在梦中,醒来,赶出去,那群人早已不见了。拔亮油灯,哎呀,俺的亲娘也,全是白花花的银子噢。夫妇俩是实诚人,等了三年,还是没人来,就跌筊,这些银子可用否?跌筊三次,均可用。他们起大围屋置地做生意,成了远近有名的"百万公"。那么,这个故事呢,民间有说道,叫做"鬼子担银"。

邱老,你相信吗?

邱老说,噢,忘了说,那家姓东,东方的东。传说,祖上是在广东潮州做大官的。一天,行船来到梅州三河坝。渔民捕获了一条八尺长的红鲤鱼,要杀,红鲤鱼见到大官就流眼泪。大官买下了,放生。好人有好报嘛。

"扑哧。"文清忍不住笑了。

咋?你不相信?

邱老,你是民俗专家,我们怎么能不相信你呢?"鬼子担银"的故事很精彩,民间传说也有几百年了吧。不过,文清这个书呆子,研究方志谱牒还是很用功的,你们不也是经常切磋吗?或许,他又找到了什么宝贝资料呢。听听也好。

文清说的故事，见诸《东氏族谱》。

清康熙年间，福昌公任潮州知府，清正廉明，却遭奸臣构陷，满门抄斩。此前，福昌公催促长子阿发看望野山窝的老丈人去了。阿发闻听凶讯，慌忙携妻逃往老墟场，养鸡鸭卖麦芽糖为生。

多年后的一个仲夏月夜，夫妇俩在庭院内喝茶聊天。幼子阿东翻出小布袋来玩，里头滚出一颗乌木珠子。细看，附纸条，乃福昌公手迹，写道："小隐勤耕读，急难见杨公。"

杨公者，梅州三河坝巨富、乡团魁首也。

跋山涉水多日，阿发夫妇抵达三河坝。杨府门丁训斥道，杨公谁想见就见得着的吗？阿发靠近，将两块铜圆滑入他的口袋里，亮光一闪，门丁绷紧的脸随即松弛了些。阿发呈上珠子，说是杨公旧物。门丁半信半疑，入内呈报。片刻，杨公召见，赐坐，看茶，和颜悦色，问有何难处，尽管说来。阿发嗫嚅，额上冒冷汗，答不上话。阿秀说，杨公大人，俺们要一百两银子还债，债主逼的。杨公问，咋回事嘛？阿发说，前年粮荒，借了十两籴谷，驴打滚，早晓得，饿死也不要。杨公大笑，嘱咐管家盛情款待，就转入里屋，不再露面了。

三日后夜半，夫妇俩摸黑回到家外，星光下，朦胧见门口站立魁梧黑影，吓得赶紧想逃走。黑影扬手，树上宿鸟就栽落在他们脚下，兀自挣扎。黑影问，来人可是福昌公嫡子？阿发说是。黑影问，贵姓？阿发答，小姓东。黑影问，你是何人？阿发答，贱名文发。黑影走开，立马就有一群大汉挑担入屋，堆满了草堂。

他们是谁呀？

还有谁？杨公的人。

那么，杨公为何要报恩哪？

他就是那条八尺长的鲤鱼。

鲤鱼精？

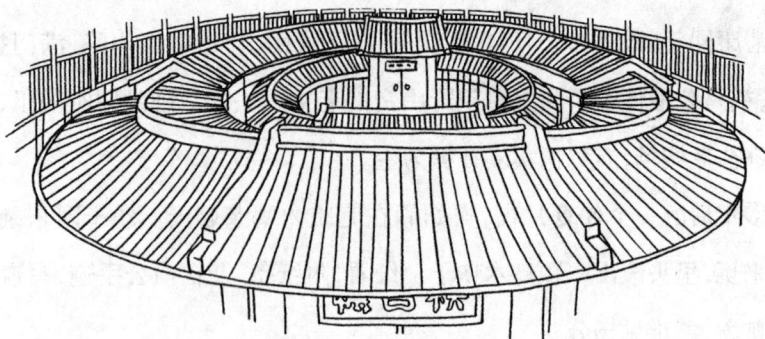

其实,他是被三河坝巡检司捕获的山匪。

山匪?

你可以说是绿林好汉,也可以说是义军将领。

福昌公为何要救他?

杨公是读书人,临刑前吟诵了一阕词,壮怀激烈。

什么词?

岳武穆的《满江红》。

《满江红》?

谱牒的记载是:"公壮而奇之,亲释其缚,嘱其见贤思齐为国栋梁,赠以银。"

珍珠翡翠白玉汤

蔡兴荣

牛掌柜看着稀稀落落的客人，轻轻叹了口气。

珍珠食铺，开了近十年，生意和小溪里的水一样，平平淡淡。

牛掌柜出身贫穷，人善良，开了食铺，常常想起小时候搜肠刮肚、四处找食的日子。开张之日，牛掌柜就定了一个规矩，只要贫穷没饭吃的人进店，免费供应一菜一饭。这可是衢州城独一家的事。

新食铺开张，客人多，僧道、艺人、乞丐免费吃的也多，只能赚一点儿辛苦钱了。

牛夫人不乐意了，打起了退堂鼓。牛掌柜却不为所动，依然乐呵呵的。

人都是有良心要脸面的，绝大多数免费吃饭的人都是偶尔过路来应个急，也有断断续续来的。唯独有一个道人，却是每晚必到。牛夫人有了想法，脸上就挂不住了，上菜的盘子出了声响。牛掌柜看在眼里，自己亲自上菜。客人少的时候，他还会请道人喝一杯。道人须发飘飘，眉毛花白，无论别人什么眼神，他都不为所动，吃完就走，连谢谢二字也绝口不提。牛掌柜从来不多问。

一年后，道人忽然来和牛掌柜辞别，说要云游去了。牛掌柜有一点儿意外："是我有招待不周吗？"道人抚着掌柜的背，哈哈大笑："我观察一年了，你生意不好,做善事却从不间断,心地纯厚,内外如一,你是真善人哪!"

一周后,珍珠食铺推出新菜,斗大的招牌:珍珠翡翠白玉汤。

名声很快传出来,新客加老客,队就排到了街上。生意越好,人就越蜂拥而至。食客的队伍又招引了外地人前来品尝,珍珠食铺成了全城最旺的食铺。

一个青瓷的圆盘,豆腐如白玉般柔和,菠菜翠绿如扇状铺开,白米如珍珠圆润飘浮,中间是菠菜的红根,做成一只昂立的孔雀头,整个造型就像孔雀开屏。白绿红三色,清清爽爽,赏心悦目。

这道菜,豆腐细腻润滑,菠菜清脆爽口,最绝的是味鲜,如琼浆玉汁,品尝之后无法忘怀。

一个月后,更离奇的事发生了。一个官吏的母亲,眼睛昏花,第一次尝了这道菜后赞不绝口,之后一周都要来两次。一个月下来,老太太的眼睛竟然明亮了,她四处传颂。一位有文化的老者,多年的老寒腿,走路不利索,每周一盘珍珠翡翠白玉汤,拐杖竟然丢开了,欢天喜地。其他病痛减轻者更是不计其数,食铺门庭若市。

城里人在传颂珍珠翡翠白玉汤,也在传颂牛掌柜的美德。

牛掌柜雇了两个伙计,名叫旺财和来福。旺财聪明伶俐,嘴甜,会来事儿。来福老实憨厚,做人规矩。牛掌柜的女儿叫珍珠,年方二十,长得俊美异常,肤细如脂,笑起来,眼睛像一汪清泉,透人心底。两个伙计都喜欢珍珠,暗暗省下工钱,买了好东西送珍珠。珍珠不谙世事,对谁都很好,天天开心得像个小孩儿似的,四处蹦蹦跳跳。

珍珠食铺的这道菜,外面的菜馆纷纷跟着推,可怎么也做不出牛掌柜的味道,众人皆觉得是个谜。

这道菜的秘方,藏在牛掌柜的手里脑里。每天凌晨,牛掌柜会出现在后院,开始调配豆腐,绝不让人看。

旺财暗暗上了心,他常常爬到后院的墙头上偷学。有一次,他上了墙头,发现有一枚铜钱,第二次又看到了一根红线,他也没有在意,半年过去一无所获。

有一天,旺财照旧爬上墙头,脚下石头忽然一松,整个人摔了下来,陷到沙坑里,他摸到了一个拨浪鼓。旺财心里明白,和掌柜的缘分尽了。

第二天,旺财来辞行。

牛掌柜沉默片刻,说:"做事要先做人,你头脑聪明,却没有用在正道。世间万物,自有归属。你想要,不能去偷去抢。我已经提醒你两次了:铜钱就是取之有道,红线就是不要跨越做人的底线。你不听,所以摔了。"

临行,牛掌柜送旺财一张纸,写着几个字:豆腐、菠菜、白米、鸟脑、金丝楠棍……这是道人留给他的秘方。道人是朱元璋的后人,这道菜就是当年宫里的珍珠翡翠白玉汤。

旺财痛哭流涕,他懂,按照风俗,这是牛掌柜和他最后的交情,他辛辛苦苦偷了半年,牛掌柜就这样白白送给他了。

他走到门口,回身三叩九拜,眼睛含着泪水,心里想着珍珠,从此要远走他乡了。来福追出来,塞给他一个包袱。

旺财走了,秘方也带走了,来福有一点儿失落。珍珠咯咯直笑,点着他的额头:"你傻啊,爹把最好的东西都留给你了。"

一个老百姓

赵 新

村里人把在国家机关上班的人叫作"公家的人"。

他就是一个公家的人：他在市政府上班，名字叫作张亦然，男性，35 岁，皮肤白净，举止文雅，是某某局办公室主任。

过了中秋节，草木上有了一层霜雪的时候，张亦然到市郊的 S 县下乡。在县城办完公事、开着车往回走的时候，张亦然看见了大路旁边红了叶子的柿子树，看见红了叶子的柿子树上挂着密密麻麻的大柿子，那柿子就像灯笼一样，红得耀眼，红得透明。正是傍晚时刻，夕阳西下，山野苍茫，那一棵又一棵的柿子树就像一团团烈火，就像一簇簇落霞。

张亦然心里一激动，就放慢了行车速度，把轿车靠路边儿停了下来。

张亦然是个爱吃柿子的人，张亦然的夫人是个非常爱吃柿子的女人，张亦然 12 岁的女儿是个特别爱吃柿子的孩子。他们一家三口，脾气秉性各不相同，但是都喜欢吃柿子，都喜欢吃硬柿子、脆柿子，在这一点上和谐一致，口味相同。

张亦然下了车，立在田埂上往四周看了看，前边的村庄炊烟袅袅，朦朦胧胧，有饭香味隐隐约约地飘过来，却看不见一个人。

张亦然跑了几步，登上了一面斜坡，猛地仰头一望，一棵树上的柿子碰疼了他的额头,而那柿子也在悠悠地晃动。

张亦然感到很有诗意。他在心里问那个柿子:"你晃悠什么呢? 我没有把你碰疼吧?"

张亦然感到很是奇怪:有这么大个儿、这么鲜亮、这么让人垂涎三尺、伸手可得的柿子,有这么繁茂的一大片丰收的柿子树,怎么没有一位看护人员呢? 不怕被人偷了柿子,糟蹋了东西吗?

张亦然笑了。他想,谢天谢地,我今天算来着了。

张亦然抬手在树上摘了三个柿子。他默默地说:"够了,我们家一人一个,拿回去尝尝新鲜,意思到了就行了。我张亦然是干部是主任,切不可'人心不足蛇吞象',摘了一个又一个。树的主人非常辛苦,一年四季披星戴月,忙忙碌碌!"

张亦然走了几步又返了回来,又从树上摘了三个:啊,我反正也是摘了,反正也是来了,那就好事成双,一个人吃两个吧!

这一次他拔腿要走时,从背后响起一声怒喝:"站住! 你为什么偷我的柿子?"

张亦然浑身一颤! 他回头一看,一位老汉从柿树后面转了出来。老汉中等个头,黑红面孔,身体硬朗,年龄在50岁左右。

在一片落霞里,老汉手里握着的镰刀寒光闪闪,给人一种冷飕飕的感觉。

张亦然立在那里,低头说道:"大叔,您好。我错了,我不该摘您的柿子。"

老汉走到张亦然跟前,拍拍他的肩膀:"光天化日,你那是摘吗? 你重说!"

张亦然血红了一张脸:"老人家,是偷,是偷。"

老汉不依不饶:"你说怎么办!"

还能怎么办,无非是拿出一些钱,赔偿人家的损失罢了。张亦然很虔诚地问:"大叔,您说吧,您是主人,您要多少钱,我给您多少钱!"

老汉倒背着手，从头到脚把他打量一番，然后问他："你能给我多少钱？"

张亦然没有说话。他从兜里掏出一张百元大钞，一伸手递到了老汉面前。

张亦然想早些回去，他不愿意在这里和一位农民老汉讨价还价，来纠缠不休。

老汉斜斜地看了张亦然一眼，啐了一口唾沫说："同志，你很有钱是不是？你太小看人了，我几个柿子能值那么多钱？你这不是侮辱我吗？"

张亦然觉得自己的脸火辣辣的，赶紧把那张 100 元的换成 50 元的。

老汉把张亦然的手推了回去："多，还是多！"

张亦然又把那张 50 元的换成 20 元的。

老汉把脚一跺："多，多，多！"

张亦然真的迷惑了。他说："大叔，我还急着赶路呢。求求您，您老人家高抬贵手，放我早点儿回去吧！"

老汉缓和了口气，很认真地问他："同志，看你也是一个公家的人，一个通情达理的人，你说这世界上只有钱才能解决问题吗？"

张亦然马上回答："当然不是。还有政策，还有章程，还有纪律，还有思想觉悟，还有真诚和友谊，还有人格和品质……"

他把那六个柿子掏出来，整整齐齐地摆在老汉面前。

老汉说："还有规矩，还有教训，还有记性，还有良心！同志，你给我 5 块钱算了，5 块也不少啊！"

张亦然把一张 10 元的钞票塞到老汉手里，说自己身上再也没有比这面额小的零钱了。

老汉说："你一位国家干部，为什么要在野地里摘人家的柿子呢？"

张亦然觉得很难堪，很羞臊。他眨了眨眼睛，低下头回答："大叔，我老娘已经上了年纪，她牙口儿好，非常喜欢吃新鲜柿子，作为她的儿子，我……"

老汉挥了挥手："明白了,你走吧,你也是一片孝心啊。同志,我想搭你的车回家,到前边那个村你给我停一下,行吗?"

张亦然拍手欢迎:"大叔,那太好了,您收拾收拾,就上车吧。"

想了想,张亦然又问了一句话:"老人家,您挺好,您是村干部吗?"

老汉摇了摇头:"哪里呀,我就是一个老百姓,就知道耕种锄耪、收获庄稼!"

太阳已经落山了,山野一片烟霭,一片朦胧。老汉坐上张亦然的车之前,张亦然足足等了他15分钟。

第二天张亦然上班时,突然发现他的车里有个鼓鼓囊囊的书包,书包里塞满了红得透亮的柿子。张亦然倒出来数了数,一共18个。

还倒出来一张10元的钞票。

张亦然沉默了,心里却波涛滚滚。

张亦然想,这柿子是给老娘吃的吗? 可老娘远在乡下,离他有千里之遥。

张亦然想,这柿子不给老娘吃吗? 可那话是他亲口说出来的。

张亦然拿起那张钞票看了又看,倏忽之间,闻到了一股汗腥。

不叫遛弯儿叫散步

赵 新

葫芦老汉从省城回到老家沟里村,正是夕阳西下落霞缤纷的傍晚时分。一下子走了一个多月,他很想家,想念家乡的山水,想念家乡的亲朋好友,想念家乡的月亮,想念家乡的细雨和风。等到吃了晚饭、收拾好碗筷之后,他对女人说:"走,你和我到村外转悠转悠,看看那小路,看看那树林,看看那沙滩,看看那河水,看看那……"

女人问:"咱们两个一起去?并着肩膀一起走?"

他说:"那是当然。我在省城儿子家里,天天晚上出门遛弯儿,可惜你不在我的身边,一个人转来转去,就少了滋味,少了意思!"

女人摇了摇头:"意思?什么意思?你去吧,俺不去,咱们俩在一块儿瞎转悠,俺怕别人笑话!"

他笑了:"都六十岁的人啦,老夫老妻了,谁笑话?常言说:'饭后百步走,活到九十九。'装上你的手机,走吧。"

他伸手去拉女人时,女人躲开了。

葫芦没了奈何,仰天感叹道:"哎呀,就你脸皮薄!在省城的大街上、花园里,人家红男绿女,双双对对,搂着的抱着的,都是两口子。人家都不怕,你怕什么?"

女人很严肃:"老汉,那可不一样,人家是在省城,咱们是在山沟里!"

葫芦说:"山沟里的人就没感情啦?山沟里的人就矬半截儿啦?山沟里的人就……"

女人说:"你别和我抬杠,反正我不和你去!"

说不服,劝不动,葫芦只好一个人走出门来,沿着村边的小路,向流淌在沙滩上的那条小河走去。阳春三月,月色朦胧,小路上鸟语花香,和风习习。葫芦正在感叹自己的女人如何如何头发长见识短、如何如何思想保守、如何如何活得可怜时,回头之间,看见一条黑影跟在身后。那影子若即若离,扭扭捏捏,很有意思。

葫芦哈哈大笑。葫芦喊道:"老太太,赶快跟上来吧,还扭捏什么?我知道是你,我的那位韩大妮!"

女人跑了几步,就跟上来了。女人问:"老汉,你怎么知道是我跟着你?"

葫芦拉住女人的手:"常言讲,秤杆儿离不开秤砣,老头儿离不开老婆。有感情嘛,所以你一定会跟着我。老太太,你看这夜色多么美好,你看这天地多么广阔,你看这山水多么明媚,你看他们两个多么亲密!"

女人很吃惊:"谁们两个?"

葫芦搂住女人的肩膀:"大妮,你说呢?"

女人说:"去去去,你敢叫我的小名,你老葫芦真是长了出息!"

一言未了,女人的手机响了,是儿子从省城打过来的。儿子问候娘的身体,问候娘的生活,问爹到家了没有,问爹晕车了没有,一路上是不是顺利。葫芦很高兴,正想和儿子说几句时,儿子却把电话挂了。

葫芦很遗憾地说:"这小子,光知道他娘……我也有手机,他不打我的!"

女人说:"你小心眼儿! 儿子哪里亏待了你?"

他们沿着小路,走过一片冒着花香的桃树林,来到了洁白细腻的沙滩上。沙滩很柔软,一踩一个脚窝窝。

女人说:"哎呀,脚底下好暄乎,你小心点儿。"

葫芦说:"暄乎一点儿好,有弹性,踩下去舒服!"

他们走到小河边,河水很清亮,细微的波浪涌起来,层层叠叠,咿咿呀呀,有声之处又似无声。

葫芦说:"老太太,你明白了吗? 如果只是我自己来,那是名副其实的遛弯儿,走出来走回去,很是枯燥乏味;现在咱俩来了,内容就丰富了,这遛弯儿就成了一种陪伴、一种责任、一种滋润、一种享受!"

女人点了点头:"老汉,你是怎么想到这一招的呢? 还非得叫上俺?"

葫芦说:"我在省城学的呀。城里人能做的事情,咱乡下人就不能做吗?"

女人说:"老汉,明天晚上咱们还出来转悠。看着那月亮,看着那星星,看着那长长的流水,我心里就宽绰,浑身就舒坦!"

一星期之后,村主任二毛突然来到葫芦家里,开门见山、郑重其事地说:"姑父您好,我能给您提个意见吗?"

葫芦说:"可以可以,当然可以。你是主任,你随便提。"

二毛说:"老人家,您以后晚上出来遛弯儿时,别带我姑姑好不好? 您这一带呀,好家伙,乱套啦!"

葫芦说:"等一等,你把话说清楚,什么好家伙,什么乱套啦?"

二毛说:"我的天,您没看见吗? 您这一带头,咱们村的老夫妻小夫妻都双双对对地出来遛弯儿了,黑更半夜的,出了问题怎么着?"

葫芦说:"人家都是两口子,能出什么问题呀?"

二毛说:"有的不是两口子,也出来瞎跑!"

葫芦说:"不是两口子,也能出来遛弯儿呀,怎么会是瞎跑? 你没看见吗? 乡亲们遛弯儿时有说的有笑的,有扭的有唱的,有吹笛子的有拉胡琴的,现在咱们村热闹了,活泼了,有了生气、有了气象了,你二毛脸上也光彩呀!"

二毛高兴了:"姑父,谢谢您的夸奖。这么说,您是给沟里村办了一件好事呀!"

葫芦说:"你说呢? 你四十多岁的人,应该比我们想得透彻,想得周到。"

几天之后,葫芦老汉和女人在沙滩上遛弯儿时,忽然看见了二毛和他媳妇。老汉很兴奋,立在那里大声喊道:"二毛,你们夫妻俩也来啦,好,好呀!"

二毛说:"姑父,怎么偏偏碰到您啦? 我本来是坚决不来的,可是我媳妇非拽着我出来,结果……我们家里是女人当家,我拗不过她呀!"

葫芦说:"所以你就出来遛弯儿啦?"

看了看天上的一弯月亮,二毛背着手走了过来,然后很严肃地说:"姑父,我得给您纠正一下,我们这不叫遛弯儿叫散步,明白了吧。"

卖小鸡儿哟

赵 新

　　村里来了一个卖小鸡儿的。

　　原来来村里卖小鸡儿的人,都是挑着担子,一条扁担挑着两只很大的笊筐,笊筐里挤满了色彩缤纷、活蹦乱跳的小鸡儿。卖小鸡儿的人嗓音都很好,高亢嘹亮,韵味悠长,喊一声"卖——小——鸡儿哟",都像唱歌一样;再加上他的步子走得好看,挑着笊筐颤颤悠悠,简直是在街面上跳舞。所以卖小鸡儿的人很受乡亲们欢迎,只要他响响亮亮一吆喝,嫂子、婶子、大娘、奶奶们便马上从家里迎接出来,嘻嘻哈哈地把那卖小鸡儿的汉子围得严严实实。

　　但是今天来的这个卖小鸡儿的师傅和以往来过的卖小鸡儿的师傅们大不一样:今天来的这个师傅开着一辆皮卡车,装小鸡儿的五六个大笊筐都放在车厢里;他也不用嗓子吆喝"卖小鸡儿哟",而是在车头上拴了一个大喇叭,让那喇叭反反复复广播:"卖小鸡儿嘞,卖小鸡儿!"声音也很响亮,也很清脆,也很悠远,也很有韵味,也像唱歌似的。村里人觉得这个师傅真会做买卖,便一齐拥到街面上来,看他怎么卖小鸡儿。

　　张家大婶当然也来了。张家大婶看见卖小鸡儿的师傅是个"嘴上没毛,办事不牢"的小伙子,断定他没有多少做买卖的经验,心里猛一激动,就又返身跑回家里,非常兴奋地换了一件衣服,梳了梳头,稳稳当当地走了出来。

有人会感到奇怪:张婶是个什么人物,买只小鸡儿也要换换衣服?值当吗?

当然值当的,张婶是把上身穿着的紧身褂子脱下来,换上一件宽袖宽腰宽肩膀的肥肥大大的大褂子;穿好之后还在屋里走了走、扭了扭,拍打了好几下子,看看没有什么破绽了,这才大大方方地走了出来。

阳春三月,风和日丽,桃红柳绿。那个小伙子的买卖正在热闹处,大家让他把那箩筐从车上搬下来,放到地面上,然后围成一个圆圈儿,一只一只地挑选他的小鸡儿。张婶见缝插针,恰到好处地挤上去,把两只手伸进筐里,来来回回抚弄和捕捉那些跑跑跳跳的小东西。这个时候,张婶感到很美妙、很舒服、很享受,把眼睛也合住了,一副飘飘欲仙的样子。

可是张婶并没有买小鸡儿。她问了价钱之后很吃惊地说:"哟,怎么这么贵?这是小鸡儿还是小鸭?这是金童还是玉女?这是……"

卖小鸡儿的小伙子很认真地瞅着这位四十多岁的妇女,瞅着她的脸,瞅着她的手,瞅着她肥大的褂子,瞅着她肥大的袖子。

张婶仰天感叹:"哎呀,这是多么好的小鸡儿呀,一个个活蹦乱跳,虎羔子似的。大家多买几只吧,保证草鸡多,公鸡少,保证你买回去的都是下蛋的!"

卖小鸡儿的问她:"婶子,既然我的小鸡儿好,您为什么不买几只呀?"

张婶说:"孩子呀,人比人,气死人,我家哪敢和别人家比呀!人家的老汉去打工,我家的老汉闹毛病,打了针还要吃药,吃了药还要打针,家里的钱都让那个死鬼花啦。"

卖小鸡儿的说:"婶子,那您赶紧回家照顾病人去吧!您慢走,别拿了别人的东西,也别丢了自己的东西。"

张婶说:"谢谢,谢谢!你态度这么好,一定能娶个好媳妇。"

张婶旋风一样离开了那个热闹场面。

张婶又旋风一样回了自家屋里。

张婶蹲下身来，赶紧把右手的袖子倒了倒，扑噜噜，一下子倒出来三只小鸡儿。

张婶又把左手的袖子倒了倒，扑噜噜，又倒出来三只小鸡儿。

六只小鸡儿在地上活跃起来，叫得好听，跑得欢实——它们自愿钻进张婶的袖筒，神不知鬼不觉地被张婶带回家里。

张婶的心醉了，她一分钱不花，就有了六只小鸡儿。

六只小鸡儿长大了，就是下蛋生崽儿的六只大鸡。

张婶赶紧脱掉了那件肥大的褂子。张婶想，我的天呀，这秘密可不能传出去，千千万万不能传出去，要是让乡亲们知道了，丢人现眼，村里就没了自己的立足之地：那不就是一个贼吗？光天化日之下偷人家的东西！

大半年过去，河里的水已经结冰了，张婶的小鸡儿成了大鸡，成了下蛋的鸡。

那一天，村里来了一个买鸡蛋的，吆喝得很响亮，很动听，很有韵味。

张婶去卖鸡蛋时，才发现这个买鸡蛋的人就是春天来村里卖小鸡儿的小伙子。

张婶想马上退回来，退回自己院里，退回自己屋里。

可是小伙子已经看见她了。小伙子一边向她招手，一边笑嘻嘻地喊道："婶子，您好！我们又见面了——您卖鸡蛋呀？"

张婶只得走过去。她说："哎呀，原来是你呀，你好，你好。"

两个人亲亲热热地凑到一起，好像一个是母亲，一个是儿子。

小伙子说："婶子，你这鸡蛋个头儿真大，颜色真鲜亮。"

张婶说："常言讲，母大儿肥，我的母鸡长得高高大大，威风凛凛，所以这鸡蛋也就有了成色，也就让人欢喜。"

看了看身边围着的五六个人，小伙子很坦然地说："婶子，这鸡蛋是我的小鸡儿长大以后下的吧，春天的时候我在你们村卖过小鸡儿。"

她的脸唰地一红:"什么?你说什么?"

他说:"婶子,您别紧张,您别激动,当时您买了小鸡没处搁,是放在袖筒里装回去的。那一天,您穿着一件特别肥大的褂子……"

她点了点头:"对,对,我想起来了,是有这么回事。"

他说:"您想起来就好。婶子,别愣着,咱们赶紧给您称鸡蛋,我一分钱也不会少给您。"

她说:"不,孩子,你把那笔钱扣下,我春天买小鸡儿没给你钱,是赊你的。"

他说:"婶子,我忘了,那是几只小鸡儿?"

她说:"三只加三只,一共六只。"

露　露

阡麻香

露露得了一种自己配不上的病。

从不运动却只热衷于胡吃海喝的她，在一次和客户的聚餐上，酒劲儿上头，跌倒在了厕所门口，落了个半月板损伤。她坐在华山医院的老专家诊室里，得知自己需要做一个关节镜手术。老专家诊断结束，还不忘瞥一眼露露的小身板儿，补了一句："你这可是姚明这种运动员才会得的病哟。"

即将到来的住院，让露露忐忑不安。她最大的顾虑，一是担心误了手头的工作，二是忌惮传说中谁都觉得不合胃口的病号饭。

露露的这份工作，需要每天打鸡血一般的热情，需要应对客户的强大忍耐力——倒正好都是她的强项。为写出满意的活动方案而加班到半夜，是常有的事情。每每加完班，露露便和同事一起，在深夜斑驳的树影下，游走在街边巷尾，觅一些有意思的馆子，好吃好喝一顿，罢了才回家去。工作虽才两年，她却已经在这样的一晚接一晚中，将自己的足迹散布到许多精致的深夜食店。和很多人一样，露露对自己的生活爱恨参半。她颇爱工作的新鲜和挑战，却也厌它的无止无尽，她爱深夜大快朵颐的纵情恣意，却也倦了鸟兽散后的形单影只。

无论怎样，病都是要治的。于是露露跟公司请好假，简单收拾了几件衣服，便在爸爸妈妈的陪伴下，住进了医院。

五号病房是华山医院的快进快出病房，这里的患者，都遵循着流水线一般相同的节奏，第一天入院，第二天手术，第三天出院。

病房里的情形，和露露想象的颇有差别——竟然热闹得和菜市场一般。同房病友皆是退休大妈，是从前露露挤地铁或逛街的时候，最恐惧的群体之一。在她们无缝衔接的你一言我一语之中，露露慢慢拼凑起了大妈们的生活状态。

对面的吴翠芳是社区里广场舞的领舞。吴翠芳顶烦那些跟着潮流跳《月亮之上》《爱情买卖》的舞团，她选的曲子，都是苏联老歌，步调轻快优雅。一周前，吴翠芳被楼长叫去排练社区晚会，硬逼她练《最炫民族风》，因为节奏太快，一不小心伤了踝关节，如今说起凤凰传奇，还是恨得牙痒痒。

右边的沈阿妹是参加老年爬山团的时候摔伤的，倒不妨碍她继续乐观向上。住进来才一个上午，沈阿妹便给大家念了好几篇发在朋友圈的文章，什么薏仁煮水可以除湿气，过夜西瓜不能吃，2~8岁孩子在想啥，100本世界名著浓缩成的10句话……万幸左边的山东大妈和角落里的南汇大婶跟大家言语不通，才避免了更热烈的交流讨论。

病房里的所有人，躺着坐着的、病着陪着的，都处于理所当然的无所事事状态。露露意识到，这里的人不关心什么项目进展、客户要求，也不关心谁出了新歌、哪里开了家好吃的口味虾。他们除了人类本源的生理与健康，没有别的话题，只是一个劲儿讨论你是怎么搞坏了腿、我的医生怎么还不出现、他们说手术前要清掉大小便……这个早上对露露来说，漫长无比，再不像是从前上班时，泡一杯咖啡、查一下邮件、开一个会就嗖嗖过去了。

给这种昏天暗地、看上去无始无终的日子按下暂停键的，是到点就来的病号饭。

爸妈还沉浸在和同龄人的闲聊中不能自拔，露露便一人领了午饭，干脆地坐到走廊上，自顾自地吃了起来。饭盒里是少油少盐的炒蔬菜和鸡腿，配上一份米饭和一小碗青菜汤。露露抱着既来之则安之的心态，把脑子里平日午饭吃的那些茶餐厅烧味和咖啡店沙拉们撇到一边，吃完了她的第一顿病号饭。

比起大妈们的吵闹和自来熟的嘘寒问暖，安安静静的一顿饭，在此时已经是一种安慰了，因此并不见得有多难吃。反倒让露露想起了上学时的午间盒饭，想起了妈妈做的家常菜。在这个工作日的中午，露露在难得的无所事事中，穿着病号服，捧着病号餐，心想自己有多久没有这样安安静静地吃过一顿饭了……觥筹交错，起坐喧哗，其实不过是这几年才有的习惯，却竟然把其他的记忆全挤到了一边，要到此时才捡得起来。

下午依旧无所事事，原以为会接踵而来的同事、客户的工作电话，也没有出现，可见工作上离了谁都是能转的……露露慢慢开始回应大妈的询问，偶尔还起个新话题。更惊喜的是，从前回家和爸爸妈妈都说不上几句话，却在病房的吵闹声中，一家人聊了个透彻。五点钟，又到了病号饭时间，露露坐在病床上吃了几口，便像小时候一样，把剩下的一大半推给爸爸吃。看着爸爸低头吃自己的剩饭，一如可以撒娇任性的往日时光，她险些感动得哭出来。

第二天，是更加无所事事的一天。露露和吴翠芳、沈阿妹，相继在中午前被推回了病房，麻醉劲都还没有过去，能做的事情只有平躺睡觉和讲话。对于露露来说，这是生命中里程碑式的一个下午。这个下午，她和大妈们聊尽了各自的手术经历和心理感受，彼此仿佛是骨肉相连，同甘共苦过，互相怜惜。露露于是成功地突破了对大妈们的社交恐惧。

在聊天间隙，望着天花板冥想的时候，她突然得道一般，认同了她们在地铁里横冲直撞的生活热情、在商场里讨价还价的倔强执着，以及晚上在露天广场上的后青春情调。她开始反思自己看似光鲜的生活背后，是多深的孤寂和无聊；而自己所执着的生活品质，其实是多么不接地气、排除异己和自以为是。露露觉得这次与世隔绝的住院，像关节镜手术一样，将自己原来的外壳拨开，挑出那些多余的碎片，让生活回归本源，然后缝合起来，化为全新的自己，一个从容不迫、宠辱不惊的自己。

把露露从深深的反思，拉回到病房里来的，是山东大妈和南汇大婶吃午饭时散发出来的香味。因为才做完手术，露露和吴翠芳、沈阿妹都被医生禁了食，饥肠辘辘地对病号饭充满了向往。

第三天早上，露露和大妈们就要各奔东西了。她在离开病房前，问清楚了吴翠芳经常出没的广场和时段，又加了沈阿妹的微信，跟病房里的十几号病友陪护们依依惜别，这才离开。

几个月后，沈阿妹还在转发那些朋友圈，日日刷屏，让露露越看越烦，终于把她拉进了黑名单。有一个周末，闺密们逛街逛到了吴翠芳常出没的广场，在远远的马路对面，露露看到了她领舞的身影，却没有前去相认。深夜聚餐等菜的时候，露露翻看自己的朋友圈，看到自己那条病号饭的记录，怎么看怎么觉得寡淡无味。夹了口牛蛙，露露便把它删了。

莲藕排骨汤

阡陌香

　　周女士已经有 29 年没有见过孙先生了。他们的最后一次见面,或者说分别,是 1984 年在白水镇,距离他们的第一次偶遇,整整两年。

　　周女士曾是镇上的小学老师,语文、美术、音乐、体育什么都教。倒不是因为她全都擅长,而是小镇上的学校,哪有什么老师。30 多平方米的班里,横七竖八地坐了两个年级的学生。刚给左半边的一年级读完一篇课文,就要去右半边的二年级检查刚默写的古诗。休息两节课又开始弹风琴,教学生们唱"长亭外,古道边,芳草碧连天"。

　　不晓得是不是因为这样结结实实的工作锻炼,才 20 岁出头的周姑娘,已经老练麻利得像个少妇了。但相貌依旧是水灵的,年轻朝气的红脸蛋以及少女健康的身体线条,即便是包裹在灰沉沉的棉袄里,也仍透出一股灵气。

　　孙先生开着卡车经过镇上的小学时,周姑娘正趁着学生唱歌的间隙,在教室外的水池边低头洗黑板擦。孙先生目不转睛地看了好久,看她的眉眼、微张的嘴巴里呵出来的白色雾气和在凉水里冻得红萝卜一般的小手,随后便清了清嗓子下了车,拿着自己的搪瓷缸子,走到周姑娘跟前说:"麻烦借地儿洗个缸子。"周姑娘大方地冲他笑笑,把水淋淋的抹布架到一边。孙先生的手不太稳,周姑娘全看在了眼里,抿嘴偷笑。

从此以后，孙先生每个周末都到学校来找周姑娘，冬天是用搪瓷缸子接热水喝，入春了便装些好吃的饭菜在里面，到夏天就回回带几根橘子冰棍儿，用厚厚的小毯子包着，急匆匆地送过来。两人常常就靠在水池边，闲聊着把冰棍儿吃了。周姑娘爱吃冰棍儿，孙先生爱喝冰棍化成的糖水，倒也搭配得妥当。吃罢了，周姑娘冲冲洗洗，孙先生站在一边，两人继续说说笑笑。周姑娘把锃亮的搪瓷缸交还给孙先生，里面常常会泡些金银花、菊花茶之类。偶尔，孙先生也教周姑娘开车。周姑娘开车的技术烂极了，即便在没人的学校操场上，也状况百出。直到 29 年后，她还是没有把驾照考出来。但在当时，他爱教她，她也爱学。

孙先生是跑运输的，线路是武汉—白水镇。他常对周姑娘说："以后带你去武汉玩儿，带你坐船过江，带你吃热干面、喝莲藕汤。"周姑娘问："莲藕汤是啥？"孙先生说："我做给你吃。"次周就带来了一堆莲藕、排骨、葱、姜、蒜等原材料，还有一只高压锅，两人着实忙活了半天。学校里有片池塘，盛夏时节开满了莲花，他们就一人一只搪瓷碗，面前一锅莲藕汤，坐在莲花池边美美地饱餐了一顿。吃罢，周姑娘还是洗洗刷刷，孙先生靠在水池边，盯着泡在水里的锅碗，犹豫了一阵，说："我下个月不跑白水镇了。"

周姑娘手上并没停，她习惯同时做好几件事情，比如一边教一年级，一边教二年级，比如一边洗碗一边陷到回忆和不可预知的未来里去。良久，她才说了句："哦。"孙先生又说："我会常写信给你。"又说："我跟领导争取再跑这条线。"又说："我给你寄武汉特产……"他每说一句，周姑娘便应一声："哦。"直到孙先生再没什么可说，周姑娘已经把头垂得很低很低。她把水淋淋的高压锅递给孙先生，孙先生没有接，他说："这个放你这里，以后回来还要吃莲藕汤的。"

后来很长时间，孙先生果然没再出现，写了几封信来。周姑娘每回读孙先生的信总要读好久，过一段时间再翻出来读好几次，却从不知道该回些什么。她总觉得，回信也好，不回信也罢，都是再也见不到孙先生的。因为 5 年前，父亲刚去汉中的时候也常常写信回家，直到最后一封信妈妈看得直哭，之后就再也没见过他的信，当然也没有见过他的人。周姑娘只是在每个周末，给自己煮一锅莲藕汤吃。后来她手艺见长，学校里的老师都爱吃起来，每个周末都围在学校厨房里，等着高压锅噗噗突突一阵响后，轮流盛着吃。

孙先生在第二年荷花盛开的时候，回到了白水镇。还是个周六，周姑娘和同事们一人捧着一碗莲藕汤，在池塘边吃得开心。她抬眼看到孙先生的时候，手上的筷子一下没拿稳，藕块顺着地面滚到了池塘里。老师们都笑："这真是落叶归根了！"孙先生也跟着笑。

吃罢，还是在水池边，孙先生依旧是盯着锅碗，沉默良久，小声说了句："我结婚了。"又说："这次跑白水镇，我把她带来玩儿了。"周姑娘手上的活儿依旧没停，依旧是说了句："哦。"眼里的泪却开始往水池里滴答。孙先生手足无措地看着她，叫她别哭。周姑娘哭得更厉害了。孙先生急着说："我还没对你做什么呢，别哭了好吗？我最怕见人哭了。"周姑娘听罢，用水抹了把脸，说："走吧，我送你。"

周姑娘把孙先生送到了学校门口，在小商店里一人买了一根橘子冰棍儿，相对无言地吃起来。吃完，孙先生回车上拿了搪瓷缸，又要了 5 根，放进缸里。周姑娘问："不包个毯子？"孙先生说："没事儿，她爱喝这水。"于是孙先生又陪周姑娘走回宿舍，她听见夏天潮热的风里，孙先生衬衣上的扣子和搪瓷缸叮叮当当的碰撞声，冰棍在搪瓷缸里的咣啷咣啷声。走到宿舍前，她抬头看看身边的这个男人，说了句："那再见吧。"于是，这成了他们 29 年前的最后一次见面。

周姑娘后来嫁了人，带了一些嫁妆，其中一件，便是孙先生带给她的高压锅。为人之妇，周姑娘成了周女士。20 世纪 90 年代的时候，周女士随丈夫去了上海，依旧带着这口锅，每周六便乒乒乓乓地忙活一阵，做顿实实在在的莲藕汤给全家吃。女儿精怪得很，每次都嫌弃："怎么又吃这个？"先生却从不埋怨，总说："你这熊孩子懂什么！"一边闷头开心地吃。

周女士后来终于去了武汉,坐了过江的船,觉得和初到上海时坐的轮渡并无两样。那是春暖花开的季节,女儿带已年过半百的周女士去游玩。她们在户部巷找了家小馆子过早,点了热干面和莲藕汤。天刚回暖,女儿吃得满头大汗,周女士也是,问女儿要来纸巾擦了擦脸。

夜晚在江滩边上,周女士和女儿坐了下来。吹着江风,女儿说:"妈,我放音乐听吧,这样好浪漫的。"周女士说:"好。"女儿的手机里打开了一首周女士从未听过的歌,说是一个这几年人气回潮的女歌手曾经的歌。她唱道:"我想我过了恋爱年龄,从为你痛哭后那夜起,爱情不再是我生命里,在挑拨受牵挂的原因。"

周女士突然觉得,天地间安静下来。初春的江风里,只听见29年前孙先生衬衣上的扣子和搪瓷缸叮叮当当的碰撞声,冰棍儿在搪瓷缸里的咣啷咣啷声。

炒螺蛳

阡麻香

小胖一家在上海的第一个住处,是浦东一间本地人出租的私房。

一百多平方米的小院子里,高高矮矮地竖着几幢小楼,楼里几家住客,有路边修自行车的、起早贪黑卖包子的,等等。私房的男主人叫陈哥,一位大隐隐于市的老饕。平日做了好吃的家常菜,他总是和老婆两人抬出一张小木桌,再各搬一个小凳子,摆上几碗饭菜,在小院里吃得有滋有味。

小胖长大以后回想起来,觉得自己对浓油赤酱的上海本地菜的莫名向往,一定是从陈哥开始的。

每次陈哥和老婆抬头看见挂在二楼栏杆上的小胖,都会客气地招呼他下楼吃几口,小胖谨遵爸爸妈妈的教导,总是婉言谢绝,心里却早就跺脚滴血了。小胖后来吃过好多家馆子的四喜烤麸和酱鸭爆鱼之类的,觉得都没有陈哥做得好吃,尽管他从来没有吃过陈哥做的四喜烤麸和酱鸭爆鱼。那种盛在碗里而不是盘子里的上海家常菜,对他来说得不到,却最好。

陈哥家的晚饭,几乎每天都这样在夕阳的余晖中开始、进行、结束。吃罢收好碗筷,约莫到深夜,陈哥又独自一人搬张小凳子,坐回院子里。

面前仍是一张小木桌,桌上摆着杯啤酒和一盘黑油油、香喷喷的东西。陈哥一口一个地吃,常常一吃就是半个小时,吃完了就长叫一声,让老婆出来收拾碗筷。小胖有一天终于忍不住好奇心,噔噔下楼跑到他跟前,问:"陈叔叔,这是什么呀?"陈哥吮完指头上的油,回答:"炒螺蛳,没吃过?"小胖摇摇头。于是陈哥抓起一只递给小胖:"喏,吃吃看。"小胖这次倒真是想冲破牢笼吃它一次,可看看陈哥油腻腻的手,又在心里一阵跺脚和流泪,摇了摇头不肯吃。陈哥倒也不勉强他,回手放进嘴里,嘬了一口,边嚼边说:"很好吃的,叫你爸爸妈妈去买,买好了来叫我,我教他们做给你吃。"

次日,小胖爸就依照小胖的转述,买了一堆螺蛳回来。小胖爸按吩咐泡洗去尾完毕,陈哥便趿拉着拖鞋,左手塞在白色老头衫下,挠着肚子上楼来了。在一顿大火猛炒和翻滚之后,一盘发着暗暗的油亮色、伴着浓浓料香的炒螺蛳就上桌了。小胖后来觉得甚是奇怪,他对于那顿饭的其他菜,竟没有半点儿印象,好像就只是一群人围坐在桌子边,对着仅有的一盘炒螺蛳在吃。

开吃之前,陈哥给小胖一家三口每个人发了根牙签,说:"你们第一次吃,估计要用牙签的,我先教吃法。"说着抓起了盘子里最大的一只螺蛳,递到每个人眼前,教育道:"看到没,这里这个小圆片,挑出来。然后,喏,舌头一伸,嘬,喏,吸出来了。"陈哥把咂出来的这坨东西,半截儿吃进了嘴里,半截儿咬断掉在桌上,然后拎起那挂着油和口水的后半截儿在三个人面前又晃了一圈,说道:"这个不要吃,都是大便! 就吃头上那一点儿!"

小胖一家认真领会了精神,三个人一人抓了一只小螺蛳,挑出小圆片,舌头一伸,怎么就嘬不出来呢? 陈哥看得心急,又抓起一只,说:"我再吃一遍你们看好了哦,嘬,喏,这就好了嘛!"小胖一家面面相觑。

小胖还记得,到这顿饭吃完的时候,陈哥面前的螺蛳壳和原本盘子里的螺蛳数量看上去相差无几。小胖一家人,各自面前零星地堆了几个螺蛳壳,都是吃力地拿牙签挑出来的成果。临走的时候,陈哥油腻腻的手又塞进了白色老头衫下,他边挠肚子边剔牙,对小胖一家摆摆手道再见,还安慰他们说:"多练练就好了,多练练就好了。"

这以后,小胖一家果真遵从了陈哥的指导,常常买螺蛳来吃。渐渐吃功都见长,年幼的小胖却总是不懂这慢吞吞地、一口一个地嗦出这样半截儿螺蛳肉来,到底有什么乐趣。

有一回期中考完试,小胖提前放学回了家,在中午正好的阳光下,依旧把两条胳膊挂在二楼栏杆上发呆。这时他看见陈哥的老婆回了家,开门进屋后不多久,突然面红耳赤地大哭大叫着跑出来,紧接着,陈哥就光着上身拎着老头衫也跑了出来。

从那之后的日子里,傍晚就见不到陈哥和老婆在院子里吃浓油赤酱的上海家常菜了。不过到了深夜,陈哥还是会搞上一盘炒螺蛳,坐在院子里,却往往摆了更多瓶啤酒,有时甚至是一打。吃罢了他也不扯着嗓子喊谁收拾碗筷,而是自己默默提一堆东西进房间。这样过了一段时间,有一天晚上,小胖在屋里写作业,突然听见陈哥像往常一样扯着嗓子大叫:"老婆,来收拾碗筷!"小胖嗖地跑出房门,挂到栏杆上一看,果然房东老婆又出现了。

很多年之后,想起这一幕,小胖才意识到那是陈哥的一次婚姻危机。小胖不明白是怎样的力量,让一对夫妻不计过往,再次住回一起,在这以后,他们又怎样对当初的风波绝口不提。你可以说是因为顾全孩子、家庭,担心闲言碎语,又或是人们原本就有自愈能力,愿意忘掉伤痛和不快,像一切都不曾发生过一样让生活继续。

小胖长大之后,每次看到四喜烤麸和酱鸭爆鱼都会点来吃,每次跟同学、兄弟深夜吃路边摊,如果能见到炒螺蛳,他也特别愿意点上一盘。

后来大学时被女友劈腿、毕业保研被室友横插一脚、工作半年后遭遇公司裁员,小胖的这些倒霉事儿都一路伴着炒螺蛳,一个接一个地发生。他也随之一次次感到烦恼,继而解决、振作。他开始理解当时坐在深夜月下的小院,慢悠悠地喝着小酒,嗦着螺蛳的陈哥。那一盘炒螺蛳的光景,是这个中年男人一天中最自得其乐的时刻,什么也不消想,生活里所有表达不出、化解不开的情绪,便都消解在这一口一个的吞吐之中。

青瓷杯

岑燮钧

韩夫人一辈子最难忘的是嵇康来的那一晚。老爷让她好好准备一下。她走到门口,突然转头看着老爷说:"我要跟你们一起喝酒!"

"呵呵,夫人今天是怎么了?"

"你往日说嵇康如孤峰独立,醉时如玉山倾倒,我倒要见识见识他的风度,他的器识……"

老爷走过来,手抚着夫人的肩头,定定地看了半天,不由得哈哈大笑。最后,他给了她一个坏坏的主意,让她躲在隔壁,在板壁上挖一个小洞——这样就可以看见嵇康了。

但是,今天老爷躲在书房里,生着嵇康的气。因为嵇康给他写了一封绝交信。前一阵,老爷另有高就时,曾在床上与她闲聊,说:"让谁继任呢?尚书吏部郎,品位虽不高,可也是个要径。"她倒是心直口快:"嵇康呀!"

韩夫人想起那一晚的好戏,仍不免脸红耳热。嵇康是和阮籍一起来的。她只一眼,就怔住了。三个男人,嵇康最年轻。老爷脸上的肉已经耷拉下来,阮籍也差不多。只有嵇康,脸上泛着光,五官精美,人挺如松,门口一站,如日月光华,熠熠生辉。韩夫人的心顿时突突跳起来,可是她不能久陪,只能礼节性地出迎一下。

她立马转到隔壁,从洞里偷眼瞧去,嵇康微笑着,仿佛长松迎风,桃林花开。他的声音很好听。老爷的声音有点儿重浊,阮籍的有点儿沙哑,而嵇康的笑声清脆响亮,如笛吹晨林,鹤唳长空。她一直听着他们谈玄说理。嵇康娓娓道来,不疾不徐,不啻龙吟凤哕。他运思之巧妙,口才之敏捷,还真没人比得上,难怪老爷回家来总是赞不绝口,她算是领教了。

那一晚,嵇康还弹了一曲《广陵散》。那种风雅,不似人间当有。

散席时,她把嵇康喝过的那只青瓷酒杯,偷偷地藏了起来。

如此良宵,还历历在目,这哥儿俩怎么说绝交就绝交了呢?这封信,她也看过了。"唉,这嵇康……"她转头看老爷。老爷阴着脸,一声不响,突然重重地说了句:"我荐他接任,难道辱没他了?"

第二天,钟会来访,韩夫人懒得出迎。

嵇康与老爷绝交了,朝廷上的人很快都知道了。老爷从此绝口不言嵇康,以至于嵇康下狱的事,韩夫人都很晚才知道。她忐忑不安地问老爷:"嵇康会没事吗?"老爷不咸不淡地答道:"老虎叼上了肉,会松口吗?"

老爷一提醒,她终于明白了。嵇康是曹家的女婿,不待见司马家,司马家自然就要"待见"他了——这是杀一儆百啊!

嵇康临刑的那一天,老爷不在家,她没来由地向下人发了火。下人传来的消息是,三千太学生向朝廷请愿,要求释放嵇康。她心里一阵窃喜,让下人再去打听。下人回来说:"老爷去太学了,朝廷已经下了严命,若有人再胡闹,格杀勿论。"她心里一阵发紧,坐下又站起,站起又坐下,转身的时候,不知怎的,一只花瓶掉了下来,摔得粉碎。丫鬟进来,一边打扫,一边说:"府里的好些男人都去看热闹了,刑场只在街那边,很近。"她停了片刻,突然转身告诉丫鬟,她要乔装改扮,也去刑场探看。

天阴沉沉的,落叶满地。她远远地听到隐隐约约的琴声。唉,哪个没心没肺的,杀人天还在弹琴!渐渐地,琴声越来越清晰,仿佛听过似的。而人也越来越多,她扯过丝巾,遮住了半边脸。幸亏丫鬟机灵,把她带到一处酒

楼上。她终于看清，弹琴的竟是嵇康，顿时泪流满面。只见嵇康弹完了琴，站起来，朝她的方向停了一下。她听见他说道："《广陵散》于今绝矣！"她有点儿恍惚，又觉得这话好像是自己心里在说。突然，刽子手举起了刀，丫鬟喊了一声"夫人"，把她拉到了一边。

夫人病了好些天。

这件事，夫人一直没跟老爷讲，直到嵇府把嵇绍送来，她才说："我听见你父亲临刑弹的琴了。"

嵇绍说："父亲临刑前嘱托，'有你山涛伯伯在，你不会成为孤儿'。"

韩夫人看了一眼老爷，老爷盯着嵇绍问道："这话当真是你父亲说的？"嵇绍重重地点了点头。老爷的脸色青了，他缓缓转身，扶着椅背，说道："看来我山涛是误会你父亲了。"

当夜，老爷辗转反侧，不能入眠。夫人问老爷怎么了，老爷披衣坐起，木然地靠着床背，发呆。过了好久，老爷才沉痛地说："叔夜与我绝交，他是怕我受牵累啊……"老爷的呼吸很重："可我，可我，竟把他害了！"夫人一惊，也披衣坐起："老爷，你……"在黑暗中，她直直地看着老爷。老爷喃喃自语道："钟会来时，我不该把叔夜随口说的话告诉他。"夫人紧问："什么话？"老爷迟疑了一下,说:"毋丘俭起兵讨伐司马家时,叔夜曾说想助他一臂之力。"

夫人听了,半晌没言语,最后她长叹一声,说道:"好在还有嵇绍……"

从此,老爷视嵇绍如己出,夫人对他更是疼爱有加。多年后的一天,夫人对着英姿勃发的嵇绍劝酒道:"你知道吗? 这个青瓷杯就是当年你父亲用过的酒杯!"

青瓷杯,依然釉色油亮……

炸 鱼

江 岸

如果在黄泥湾偶遇某个人，隔老远就闻到对方一身的鱼腥气，没错，这个人一定是胡大炮或者他的老婆孩娃。

胡大炮天生会逮鱼，他家饭桌上一年四季就没断过鱼，因为缺少足够的油盐和烹调必备的作料，吃多了这种寡淡的鱼肉，他们浑身上下就不可避免地有了浓郁的鱼腥气。哪一天他们家人脸上长出鱼鳃、身上生出鱼鳞来，村里人应该都不会感到稀奇。

胡大炮的眼睛非常毒，他能准确地知道洗脂河里的鱼群在何时出现，在何处出现。他更能透过绿莹莹的水面，看到水潭里游动的是凶猛的鳍划鱼还是温顺的螺蛳青，是箭一般穿梭的翘腰还是焦炭一样乌黑的火头。只要他往河边走，一群男人就尾随他，往河边走去。胡大炮站在高高的岩石上，若无其事地吸烟，偶尔眯着眼睛瞟一瞟绕岩石而流逝的河水。大家也像胡大炮一样看河水。河水波光粼粼，绿绸缎似的水面上不时涌起白色的浪花，浪花碎了，泡沫似一朵朵白色的小花朵在水面上盛开。除了这些，大家什么也没有看出来。

胡大炮轻轻地说："鱼来了，这群鱼是胖头鲢子，那条二十多斤的白鲢是我的。"

说着,他猛吸两口烟,左手从嘴角拿下明晃晃的烟头,右手从裤兜里掏出墨水瓶做的炸药包。说时迟,那时快,大家刚刚嗅到一丝引线燃烧的火药味儿,炸药包就在水潭里爆炸了,腾起丈余高的水浪。水面立即漂起一片耀眼的白光,有的鱼被炸死了,有的鱼被炸晕了。大家下饺子似的扑扑通通跳进了河里,多多少少都有收获。当然,那条最大的白鲢没有人去动。胡大炮不紧不慢地一个猛子扎进水潭,浮出水面的时候,怀里已经抱住了那条大白鲢。

"不就是用墨水瓶装点儿炸药,埋上雷管,接上引线,往水里一扔吗?然后就是跳进水里捞鱼。这没有什么难度嘛!"有人不服气,也去河里炸鱼,炸了三五回,连个鳞片也没捞上来。

胡大炮知道了,就嘿嘿地笑。笑够了,他说:"你以为鱼像你一样傻?它们精着呢。你的引线恨不得有一拃长,等炸药包响了,鱼早跑没影儿了。"

大家这才明白,胡大炮不仅眼睛毒,而且胆子大。他做的炸药包引线极短,几乎是一出手,扔进水里就爆炸,鱼群即使想逃跑,也没有机会。

这个火候太难掌握,也太冒险,大家知难而退。尾随胡大炮,捡一两条小鱼,拿回家打打牙祭,是黄泥湾其他男人的唯一选择。

洗脂河下游,有一座水库。水库管理局在水库里放养了很多鱼苗,平时用铁丝网将鱼群拦住。天长日久,有的鱼长得很大。夏天洪水泛滥的时候,有些大鱼就跃过铁丝网,一路往上游而来。每年的这个时候,便是胡大炮大显身手的时候。即使洪水浑浊,胡大炮依然能够准确无误地判断出鱼群游走的方位。

有一年夏天洪水暴发,胡大炮又在河里放炮了。这一次,他炸翻了一条三十多斤的螺蛳青。他跳进水里捞鱼,却扑了个空。浮出水面一看,有个陌生的年轻面孔先他一步,抱住了大青鱼。这个愣头儿青喜滋滋地将大青鱼拖上了岸。

"你给我放下!"胡大炮的儿子胡小炮喝道。

"凭什么?"愣头儿青扭头瞪了胡小炮一眼。

"你不懂规矩是吧?"胡小炮质问。

"谁逮住了,就是谁的。"说着,愣头儿青扛起大青鱼,一路狂奔而去。

胡小炮手提鱼叉赶了上去。赶了一会儿,眼看追不上,他投出鱼叉,一叉将愣头儿青叉翻在路上。

大家都提着自己捞的鱼,团团将愣头儿青围住。胡大炮也走过来,劈手扇了胡小炮一耳光。他蹲下身子,一把拔掉了愣头儿青腿上的鱼叉。鲜血泉水似的从伤口里流出来。胡大炮从汗褂上撕下一个布条,将愣头儿青的伤口紧紧地包扎起来。

原来,这个愣头儿青是来黄泥湾走亲戚的,陪姑父一起到河里捞鱼,确实不懂当地规矩。他姑父黑着脸,责骂了他几句,又转脸对胡大炮说:"你家小炮下手也忒狠了!"

胡大炮替儿子小炮赔了一堆不是,他说:"这条螺蛳青我们不要了,送给他了。我们现在送他上医院,医药费算我的。"

著名作家冯骥才说过,能人全都死在能耐上。胡大炮虽然没有死在能耐上,却残疾在能耐上。有一次炸鱼的时候,他没有来得及将炸药包扔出去,炸药包就在他的手中爆炸了。一声震耳欲聋的轰响之后,河边冒起一股白烟,胡大炮倒在了血泊中⋯⋯

失去了右手的胡大炮从此以后再也没有在洗脂河里炸过鱼,他和他的老婆孩娃便很少吃鱼了。说来也怪,他们身上浓郁的鱼腥味儿竟然慢慢地消退了,后来一点儿也闻不到了。

一目决

奚同发

坐在千年古刹的方丈室,燥热瞬间退去。业余二段挑战专业九段,这场比赛他在心里等了26年。

提前10分钟进场,半袖衫,大短裤,凉鞋,故意从外形上业余到底。

窗外蝉鸣成片,苍松翠柏参天。室内局促逼仄,一丈之方,还挤进不少记者。如今,除了电台、电视台,网站、手机客户端也视频直播,比26年前那场赛事,媒体多出上百倍都不止。

不久,巴特被簇拥着走来,掌声和沸腾的人群,伴着频响的相机快门;方格衬衫红色皮鞋,配酒红色领带,优雅从容,轻松自若。

裁判介绍后,巴特向他伸手问好。那是一只公主才配拥有的精巧而细嫩的小手,柔似无骨,多年来一点儿也没碰过不该碰的东西。他心尖一颤,双眼有些湿润。显然,对方早忘了他。

26年前,两人都是12岁。那局全国性少儿锦标赛最后一战,他输了。他独自躲在公园假山里,直到半夜被家人找到。虽然父母没多说什么,但他依赛前承诺,退出围棋班,专心学习文化课。尔后,他一口气读到研究生毕业。夺冠的巴特被赋予"围棋天才"的称号,由父母带着走南闯北学艺,最终拜到国际大师门下,历经一场场厮杀,披荆斩棘,在刀光剑影中百炼成钢,成

为年轻的世界冠军。没多少人知道，一场比赛成了两种人生的分水岭。

他在高校任教，身边没有谁知道他会下围棋，且曾是专业二段。围棋于他，在大学偶然看到巴特早是专业九段的新闻时才再度拿起，只不过平素仅与陌名网友交手。之所以改为业余二段，不仅出于专业二段的尴尬——没有多少下棋机会，更不可能挑战相隔6个段位的世界冠军。

白日梦也要有，万一实现了呢？

按规定，巴特让子七目半，他执黑优先占位，随后巴特第一粒白子落在棋盘仅余的右角星位。"金角银边草肚皮"，即使世界冠军也不会贸然在开局便拉开大势而放弃一角之利。

三个多月前，与一棋手晚间收官，聊起阿尔法狗，他感慨机器人从不犯错，而人是情绪化的动物，稍有不慎便会被机器人抓住漏洞。对方谈起，巴特曾对记者说，若阿尔法狗让子，人应该能胜，却涉及棋手的尊严、人的尊严而不可行。对方顺嘴说最近一网站组织世界业余选手比赛，胜出四强则线下现场对抗，冠军将挑战巴特。望着电脑上的文字，他深吸一口气，而后注册报名。接下来的百余日，他力克小组300多位选手，并在四强巅峰战中走到最后,虽然前天夺冠鏖战,一路险情不断,但终以微小优势取胜。彼战之胜对他唯一的意义是,能够与巴特面对。等待了多年,这或许是他生命中唯一的可能。虽然对方早忘了他,虽然于对方这或许是场玩票之局……

时间过半。巴特步步为营,扭转乾坤,黑白间十面埋伏、处处杀机。他则时而捏子深思,时而果断脱手。方丈室静阒无声,却尽显惊心动魄。

计时钟悄然自转,两个多小时过去。他第一次抬头望了对方一眼,巴特一手执子托着下巴,眉头微蹙……

同时,方丈室外的大棋盘,两位棋手正做讲解。其一说:"专业棋手可以看到40手后的棋路,巴特此手游刃有余,唯不可点此'眼'。"说着,他食指指向棋盘上一交叉点。

室内的他把目光落在棋盘上别处,以免对手察觉他极度关注的那片棋子。几分钟后,巴特伸手向那个空位,落子、提子。他手心沁出汗来,"落子生根,脱手无悔",期待变成现实,反而有些失落,他有点儿不敢相信巴特果真落子那里,再次环顾此子四周及白子棋势,确实如此!

此时,室外观众一片哗然,讲解者哑口无言……

10分钟后,双方终局。经过计算,裁判宣布他领先一目获胜。业余战胜专业,一文不名的草根击败世界冠军,太有新闻性了,现场掌声雷动。生活中有谁不喜欢情节反转? 否则意料之中多没意思。

巴特向他祝贺,他却脸一红,咳嗽着说:"谢了,学习了。"然后拿起一瓶水一饮而尽,脑海顿时蹦出孔子那句"尽人事,听天命"。

颁奖后,他对记者说:"按业余赛,我赢了一目;若论专业比赛,巴特老师开局让目,终局我要贴还,如此计算,我肯定输了。所以,我赢了也是输了,巴特老师输了却是赢了。"

方丈最后的发言则把黑白决推至禅,延至人生。

棋终人散,巴特再次伸出那只曾击败一个个世界冠军的右手,与他道别:"你的棋下得很好,只不过中间有些年头没下了吧?"

他说:"谢谢您能来,给了我这次终生难忘的机会。"

令他意外的是巴特接了句:"其实,我也在等这个机会,好久好久,还要感谢你能辛苦地从万局苦战中杀出重围,最终与我会合。"

目送巴特的背影,他想起自己刚才对记者说的话,难道巴特对此结果了如指掌?

下山后,他再不触碰围棋,一心传道授业,年年优秀。

两小有猜

奚同发

　　在管城生活了多年的她在一次大学同学聚会上，聊起闺密，她说："若从童年说，严格意义的闺密或许有或许没有。"那天夜里，她梦到小根，也梦到那个 12 岁的暑假。只是梦太乱，醒来忘了个精光。

　　12 岁，她与小根的小学时光结束，暑假后两人将进入镇中学学习。如果说两小无猜指男女自小的感情，她与小根除了同性外，其他真是无猜的。不仅平时结伴儿上下学，即使周日或假期也一起割猪草、放羊，而且谁有了好吃的，也会想尽办法给对方留一口。她至今记得那块冰糕，就是你一口我一口吃光光的。

　　但是，那个暑假过半的一天，两人遇到一件风轻云淡的事。

　　她们一起写了一会儿作业，各背了藤筐奔后山的小坡割草。家里养的猪，其实也是她们的学费。阳光很好，心情也好。小根唱起："让我们荡起双桨，小船儿推开波浪，海面倒映着美丽的白塔……"虽然尚不知歌中的白塔在北京哪个公园里真实存在，但并不影响她们唱起来的美好与向往。她随和着小根，便有些高低配音、一唱一和的味道。日常两人一起，小根稍怯懦，她则大大咧咧，小根多没主见便万事听她的。唯有唱歌例外，小根天生一副悦耳的好嗓音，而她的声带却有些涩和粗。

割草的不经意间,她发现了老核桃树下的那个钱包,箭一般冲过去,小根也跟着飞跑。然后两人喘着气,眼看钱包口露出的钱币,她高兴地在空中摇摇说:"有钱了。"她至少有半年不曾摸过哪怕一块钱了。

"别动,把钱包放回原地!"喊声吓了她们一跳,她们这才发现头上方骑在树杈的人。毕竟不是核桃成熟的季节,谁会在意树上竟有人在摘尚不成熟的绿皮核桃?

她很失望,家里太需要钱了,这意外的收获刚让她高兴得不知所措,却被这喊声毁掉了。把钱包轻轻放回原地,她还抬头观察树上人的脸色。对方也一直盯着她。蹲下再起身的刹那,她又一次拿起钱包,她不想丢下。小根瞪目结舌,不知她要做什么。

树上人见状,边出溜下来边喊:"小丫头,快放下!"

即使男子站在面前,又高又壮,凶凶的,她仍把拿钱包的手背在身后。

对方急了,说:"拿了我的钱包,你要干吗?"便伸手来夺。她一侧身,他扑了空。

男人更急道:"啥意思,不想还我是不是? 我让警察把你抓监狱去,信不信?"她却继续与他左闪右躲、你抢我护。

小根吓着了,声似蚊蝇般细小,且颤巍巍地说:"快还人家,快还呀……"

她很努力了,接连扑空的男人终于抓住她的臂膀,把她推了一个转身,拿钱包的小手便暴露无遗,钱包被顺势夺去。她一个趔趄,多亏小根扶着才没摔倒。

"学校咋教的? 人家拾金不昧,你这明抢? 现在都啥学生啊? 你这违法,知道不? 要不是看你是个小屁孩,非把你弄拘留所去。啥学生,这是?"男人气呼呼地吼完,从树后推出一辆自行车,骑走了。她与小根愣了,那车刚在哪儿放的呀?

手腕还疼,想想,她哭了。小根哼哼唧唧有声无声地劝,可她抹泪的小手突然停止,紧盯不远处的草丛。小根沿她的目光急转了身,也看到了。她喊了声"钱"便奔跳过去，没料到小根子弹出膛般早跃过她，且毫不犹豫地抓到了那张 10 元纸币，细看一眼也没有便跑得无影无踪。多年后，她眼前仍不时出现那幅景象——飞跑的小根，背后藤筐里不断掉出绿草，一束一束的，像她脑后那束头发，一摆一摆……

她再也没有去小根家写作业，小根也没来她家。事后听同村小伙伴说，小根用捡来的钱给奶奶买了眼药。老人害眼病多年，天天眼屎糊着眼角。

开学那天，她还是约了小根一起走，没有别人。三年中学，两人一起往来学校与村里，但途中很少说话，乃至高中毕业，都未提及那个暑假。后来，她考上广州的大学，小根考上东北的大学。真是天南地北！

村里除了老人，就是孩子，在外打工的父母并没有因为她们考上大学就赶回。两人只得再次结伴从村子到县城，再转车到省城换火车。

她乘的火车比小根的早一个半小时。检票后送她到进站口，小根欲言又止，话语化作一笑。她也一笑，说："多联系。"不等小根接话，她已转身进站。她越走越远，那束马尾似的头发一摆一摆。即使小根一直向她的背影摇着右手，她也始终没有回头。

从此，她再也没跟小根联系。

越洋电话

阿　心

天气真冷啊,她一直跺着脚,还不停地搓着手,仿佛一停止运动,身体便会冻僵了。都说如今布达佩斯的天气很怪,夏天不热,冬天不冷。其实只有在市场练摊儿的人,才知隆冬那饮风餐雪的滋味。冬季连布达佩斯的太阳都很"吝啬",偶尔露一下脸,也是冷冰冰的。

今天的市场格外冷清,不光是来买货的"老外"少,就连许多中国人都未开摊儿。老天也来"助兴",先是刮起刺骨的寒风,而后又飘起了鹅毛大雪。

老天的变脸难不倒邻摊的阿牛。阿牛三下五除二地就收了摊儿。

她看看表,说:"阿牛,才十二点你就当逃兵了!"

阿牛说:"大姐——今个儿是大年三十!"

"什么?今天是——大年三十?"她狠狠拍了一下脑袋,整天从家到市场"两点一线"的练摊儿练糊涂了!一个月前,匈牙利人热热闹闹地过圣诞节时,她还向阿牛打听春节是几号,怎么这年说来就来了?

她打开手机,给国内的老娘拜年。这是惯例,只要她不回去,一定要打个电话拜年。

"妈——我是娟娟!"

风雪中,她的声音有些颤抖。

"是……娟娟啊，娟娟，你，你……还好吧？"

由于激动，老娘的声音也同样颤抖。

"妈，我……我哥我姐他们都来了吧？"

她原想说，我给你们拜个年。话到嘴边，舌头有些发硬，话就有些走样。

"都来了！十来口子人都正吃着哩！你也正吃着了吧？"

现在是北京时间晚上七点多，全家人在年三十晚上吃团圆饺子，然后看电视直播的春节联欢晚会，这也是惯例。只是，老娘七十多了，一高兴竟将时差给忘了。她不愿扫老娘的兴，吸了一口冷风吞了一口雪说："我也……吃着哩！"

老娘来了兴致，说："你那儿是不是也吃饺子——三鲜馅的？"

"是……是三鲜馅的。"

她心里一阵酸楚。没错，新鲜的冰雪，新鲜的寒风，外加新鲜的眼泪——三鲜馅。

"多炒几个菜，叫几个朋友热闹热闹……"老娘叮嘱道。

"妈，我托人捎的五百美元收到了吧？"

"哎，我差一点儿忘了——收到了收到了！还有照片都收到了。家里现在日子好过了。你在外面，挣钱也不易呀……"老娘开始哽咽。

"妈，你放心，我很好。你要多保重身体……"她的声音也有些异样。

"娟娟，有一张照片上还有个外国人，那是谁呀？"

"哦，他是我的匈牙利工人彼得。"

"匈牙利人——可他的样子一点也不凶啊？"

出国前，老娘说："你出国我不反对，可就是别去匈牙利！"她问为什么，老娘说："匈牙利人一定很厉害！你瞧——又凶，牙又利！"她当时捧腹大笑，向老娘解释了国名可能是按发音翻译的。照片是几个月前照的。那天她和彼得去朋友的公司进货。当时朋友正在拍样品，顺便给他们照了几张。照片上的彼得一副笑容可掬的模样。

老娘又说:"你瘦了!你身体不大好,别干重活儿!搬箱子的活儿叫工人干……"

她应着,心里却一阵苦涩。最近生意实在太差,一个月前她只好挥泪辞退了彼得。

"你那办公室不小啊。"唉,老娘又张冠李戴了!把照片上朋友的办公室当成她的了!她不想解释。绝不是虚荣,而是不想让年迈的母亲替自己担忧。

办公室是大。她想,布达佩斯找不来第二个。难道全匈牙利还能找到比这个市场更大的办公室吗?生意冷清时,阿牛常戏谑地说,瞧——咱们这国际贸易做的!

"办公室冬天有暖气吧?不冷吧?"老娘又关切地问。

"不冷,最多穿个毛衣。"风直往脖子里灌。她想用冻僵的手把羽绒服的帽带系紧了,可手根本不听话——不会打弯儿。

"娟娟,你不要挂念我!你要注意自己的身体……"

关机后,她的脸上仍旧湿漉漉的。不知是冰雪还是眼泪,也许两者都有。

爱按门铃的劳尤什太太

阿·心

　　劳尤什太太是我的隔壁邻居。我们的关系曾一度紧张过。

　　那时我刚搬来不久，彼此还算客气。一天我刚倒完垃圾进屋，门铃响了，只见她穿着"三点式"怒气冲冲地说："垃圾箱附近掉了些碎物，是谁干的？"

　　貌似问话，脸色和眼神却分明在说——就是你！

　　我忙申辩："不知道，不是我。"

　　说完又后悔，后一句有此地无银之嫌。

　　果然她穷追猛打："我亲眼看见你刚从垃圾房出来，这是真的吧？"

　　我说："是真的。但并不意味着我就是'肇事者'，因为我去倒垃圾时就已看见那些碎物了，你应该追查我前面的那一位。"

　　我不免动气，一层楼四家，凭什么先怀疑我？就因为我是中国人？

　　她似乎还想说什么。及时雨出现了，对面的老太太拿着扫帚出来，满怀歉意地说："对不起，刚才是我的小孙女倒的垃圾。"

　　谢天谢地，冤案总算昭雪了。

　　我对她却有了看法，见面时皮笑肉不笑。

　　不想几天后门铃响了，又是她！

　　我心有余怒，我又犯什么"错误"了？

却见劳尤什太太满面春风，唇形呈十点十分状，手捧一盘刚烤的蛋糕，一副负荆请罪的样子。她说："那天的事，对不起啦。"

哦，将"糕"补过啊。我笑纳后连说没什么。邻里之间友谊第一嘛。

聊起来，方知她很可怜。丈夫在十年前因病去世，靠着当售货员的微薄工资，她一人拉扯着儿子长大。问她何不再嫁人，她说，男友倒是有一个，待她也不错，只是不能结婚。我问为什么，她说，一结婚政府的补助就取消了，再熬两年，等儿子十八后，没了补助再结婚。

清晨常看到一个瘦高个男人出门，大概是她的男友。

"其实，你们结不结婚都一样。"这话我没敢说出来。

怪不得她已过不惑之年还打扮得少女天真烂漫般。发色随发型不断变幻，今儿个金浪滚滚，明儿个红花朵朵，外加蓝眼圈、紫口红、绿裙子，十分耀眼。

我们拥有一个走廊，她常穿着"三点式"晃来晃去。我不悦，未免"有碍观瞻"。想说几句，又想毕竟是人家的国情，街边草地上"三点式"们晒太阳的成群，碍着谁啦。

一般来说，匈牙利人很少串门，可劳尤什太太例外。

一次她在楼下按门铃，买了一袋土豆，让我家先生帮她拎上来。土豆是匈牙利人的主菜，一大袋吃一冬天。先生那天很忙，但还是放下工作下楼。

晚上，她又按门铃，我有点烦，整个一个匈牙利事儿妈。这次错怪了她，人家是请我们去她家，做了匈牙利有名的古亚什汤给我们喝。汤的主要成分是土豆和牛肉，好香！我破例喝了两汤盘。

刚喝完汤回家，却意外地发生了椅子事件。

上午我洗刷椅子，放走廊里晾，待下午收时，椅子竟失踪了。最大嫌疑人是劳尤什太太。按她门铃，果然我的两把椅子安安静静地立在饭桌旁，并被迫穿上了外衣。

我尴尬地说："我，我的椅子？"

她脸不变色心不跳地说："我以为椅子是你清理掉的垃圾呢！"

149

我语塞。有谁将要扔的东西刷净晾干,我还没有那么热心吧。

看我无言,她又补充说:"我正好缺椅子。"

这下轮到我不好意思了,忙解释说:"我只是在打扫卫生。椅子,我还要用。"

她一脸的失落,极不情愿地为椅子脱去外罩,还给我。

就在我们的关系倒退一大步时,事情又有了戏剧性的变化。

那天刚到家,她就按了门铃说:"今天有人企图撬你的门,我听见动静,忙出来问找谁,他慌慌走了。肯定是个贼!"

"感谢上帝,送我一个多么好的邻居!"我连声道谢。恨不得握手拥抱、磕头作揖。

为酬谢具有高度警惕性的劳尤什太太,我特意包了一盘饺子端给她。

非常非常地好吃!她一连说了几个"非常"后,决意拜我为师。于是记笔记,拿天平,一丝不苟。接着是一连串儿的问题,水与面的比例? 面皮儿直径是 5 厘米还是 6 厘米? 少许是多少? 一锅下多少个饺子? 理论,实践,再理论,再实践,反反复复按门铃。我下决心不再传授厨艺。

她感冒了,问我要中国药,我给了新清宁片。看她嗓子疼了,又送一盒六神丸。没过几天她病好了,连说"中国药,灵"! 于是便得寸进尺,经常上门要药。有一次,竟是给她在外地的妈妈要药,说老太太脚扭伤了,我找出麝香壮骨膏。虽有 TB 卡(医疗保险),但药钱还是有一部分是要掏腰包的。对于生活拮据的她,开支越少越好。好在我经常托人从国内捎药,"货源"还算充足。

万没想到,她竟半夜按起了门铃,我犹豫片刻还是开了门。原来她失眠,无意中望窗外,发现两个小偷正在偷我的汽车! 我和先生忙用手电直照汽车,偷车贼仓皇逃窜。下楼查看,车门被撬开了,报警器被破坏了,杠子锁被卸散了。贼们万事俱备,只欠开车。好险! 幸亏劳尤什太太及时按门铃。

噢,可爱的劳尤什太太,我发誓,今后再也不讨厌你按门铃了! 不,热烈欢迎你随时光临寒舍,哪怕你一天按上二十次!